Christian Ude

ICH BAUE EIN STADION

CHRISTIAN UDE

ICH BAUE EIN STADION

UND ANDERE HELDENSAGEN

Mit 19 Karikaturen von Dieter Hanitzsch,
16 Fotos von Edith von Welser-Ude
und 24 weiteren Abbildungen

PIPER
MÜNCHEN ZÜRICH

Bildnachweis:
S. 12: Manfred Haugg; S. 66: Bernd Ducke;
S. 163: Karl Schillinger; S. 165: Christian Krinninger; S. 180: Astrid Schmidhuber.
Umschlagfoto: Bernd Ducke, Allianz Arena München Stadion Gesellschaft
Die Karikaturen von Dieter Hanitzsch erschienen zuerst in der »Süddeutschen Zeitung«.
Alle übrigen Fotos: Edith von Welser-Ude.

ISBN 3-492-04654-1
2. Auflage 2004

Gesamtherstellung: Kösel, Krugzell
Printed in Germany

www.piper.de

INHALT

ZUM GELEIT

Wenn zur Fußballweltmeisterschaft 2006 das Münchner Stadion seine Pforten für das Auftaktspiel öffnet und alle Welt in einen Begeisterungstaumel für die ungewöhnliche Arena verfällt, wird wahrscheinlich kein Schwein fragen, wie es der clevere Bürgermeister dieses Millionendorfes zustandegebracht hat, nach dem schönsten Leichtathletikstadion der Welt auch noch die attraktivste Kickerstätte unseres Sonnensystems für seine Stadt zu ergattern. Dies ist, zumindest für mich, ein unerträglicher Gedanke.

Noch schlimmer ist allerdings die Vorstellung, dass die Vorgeschichte des Münchner Stadionbaus Gegenstand gründlicher Recherchen wird. Bevor irgendein Chronist meine herausragende Rolle in dieser unendlichen Geschichte untersucht und in den Schmutz zieht, will ich dies selber tun. Warum auch sollten sich andere auf meine Kosten lustig machen dürfen?

Der große Jounalist Herbert Riehl-Heyse hat in einer tief schürfenden Analyse der Münchner Stadiondebatte daran erinnert, dass das Engagement vieler Politiker in den Aufsichtsgremien von Fußballvereinen die Sorge vor einer »Politisierung des Fußballs« hervorgerufen habe. In Wahrheit sei aber, so Riehl-Heyse, eine »Fußballerisierung der Politik« eingetreten. Möge dieses Buch dazu beitragen, diesen neuen politikwissenschaftlichen Begriff eindrucksvoll zu illustrieren!

*

»Naddel: Ich sage alles« lautete eines Tages die Schlagzeile der BILD-Zeitung. Erschreckender als diese Drohung war freilich die Auflage ihrer Erinnerungen und die Aufmerksamkeit, die ihr auf der Frankfurter Buchmesse neben Dieter Bohlen und Verona Feldbuch als dritte literarische Sensation der Saison zuteil wurde. Dies bewog mich, nun meinerseits alles über Naddel und mich zu sagen, denn ohne knisternde Erotik geht es einfach nicht mehr.

*

Noch mehr Mediengeschichte: Der Weg ins neue Jahrtausend war in München mit einigen Leichen gepflastert, zumindest in einer Zeitung, die sich das so zurechtgelegt hatte. Angst und Schrecken der Bevölkerung nahmen erstaunliche Ausmaße an: ein kleines Lehrstück, dass man vor der moralischen Hinrichtung von Politikern oder Behörden mal schnell klären sollte, ob eine Geschichte überhaupt stimmt. Dem betroffenen Blatt bin ich übrigens mittlerweile als allwöchentlicher Kolumnist verbunden, was unterstreicht, dass es sich bei der »Schule im Tal des Todes« tatsächlich um einen Einzelfall handelte. Eine größere Zeitung hat da mehr zu bieten. Aber bei ihr erwartet man es auch.

Nur selten gelingt es einem Oberbürgermeister, den Niederungen der Kommunalpolitik zu entrinnen und »dem Weltgeist auf der Spur« zu sein. Zumindest bei städtebaulichen Ideenwettbewerben ist dies aber gewährleistet, weil da die Größten der Architekten-Zunft beisammen sind, um über Dutzende, manchmal Hunderte genialer Würfe der Mutter aller Künste zu befinden. Heraus kommen Klötzchen, für die man dann als Kommunalpolitiker jahrelang den Kopf hinhalten darf, dieweil der Weltgeist schon anderswo wabert.

*

Neben den Amtspflichten im engeren Sinne hat unsereins auch große repräsentative Aufgaben im In- und Ausland zu meistern. Viele Bürger glauben, dass dabei nur Unfug getrieben werde. Einige Kapitel beweisen, dass dieses Vorurteil gar keines ist.

*

Dass ich dem Leben nicht den ihm zukommenden Ernst beimessen kann, geht maßgeblich auf das Konto meiner 1999 verstorbenen Mutter Renée. Ihrem Humor ist – als kleine Hommage – das letzte Kapitel gewidmet.

Christian Ude im August 2004

ICH BAUE EIN STADION

Eine unendliche Geschichte

Vorbemerkung des Autors:

Bevor Sie zu lästern anfangen, merken Sie sich gefälligst eines: Rom ist auch nicht an einem Tag erbaut worden! Und das Kolosseum hat nicht einmal ein Dach!

Vorspiel in Olympia

»Den Vorsitz in der Olympia-Gesellschaft musst Du unbedingt selber machen«, empfahl mir mein Amtsvorgänger Georg Kronawitter nach meiner Wahl zum Münchner Oberbürgermeister im Jahr 1993, »denn da gibt es nicht viel zu tun: Das Stadion ist ja schließlich schon fertig!« Das war gut gemeint und klang schelmisch schlau, also befolgte ich den Rat. Das Stadion war ja sogar schon ein Denkmal, mit seinem geschwungenen Zeltdach ein Symbol der Moderne und ein neuzeitliches Wahrzeichen Münchens. Da konnte der Aufsichtsratsvorsitz der Olympiapark GmbH nicht allzu viel Stress mit sich bringen, allenfalls ein paar hübsche

Auftritte vor großem Publikum, mal mit den Stars des Showgeschäfts in der Halle, mal mit Sportgrößen im Stadion. Der Olympiapark, dachte ich mir, könnte ein gerechter Ausgleich sein für all die städtischen Ausschüsse und Gesellschaften, in denen ich mich permanent mit lästigen Bauvorhaben herumschlagen musste, vom stets unzulänglichen Wohnungsbau bis zur strapaziösen Sanierung baufälliger Musentempel.

Da das Stadion praktisch nur noch von den Kickern genutzt wurde, musste ich mich natürlich gelegentlich bei einem Fußballspiel sehen lassen. Hierfür bot sich in besonderer Weise das Lokal-

Mit »Radi« Radenkovic beim Derby

derby an, weil man da an einem einzigen Nachmittag seine Präsenzpflichten bei zwei Münchner Vereinen erfüllen konnte. Allerdings waren die Ergebnisse meist deprimierend für mich, da ich irgendwann in meiner Schulzeit beschlossen hatte, Löwenfan zu sein. Dies ist in München die einfachste Methode, sich in einer ansonsten kalten Welt das aufrichtige Mitgefühl aller Mitmenschen zu sichern und in wohligem Selbstmitleid zu baden. Außerdem wird man fit für die Zukunft. Was auch immer das Leben an Niederlagen und Enttäuschungen noch auf Lager hat – als Löwenfan kennt man das schon. Aber abgesehen von den Lokalderbys wollte ich im Olympiapark nur frohe Stunden erleben, und die trügerischen Zeichen der Zeit schienen diese Hoffnung zu bestätigen.

Das Stadion-Problem

Eigentlich gab es nämlich in München nur ein einziges Stadion-Problem, aber das hatte nichts mit dem Olympiapark zu tun, sondern nur mit der Löwenarena. Die Sechzger hatten einstmals im städtischen Stadion an der Grünwalder Straße große Triumphe gefeiert und selbst die anschließenden Niederlagen als heimelige Gemeinschaftserlebnisse ausgestaltet, sodass viele Fans von der guten, alten Zeit träumten und die Rückkehr auf Giesings Höhen forderten. Als ob dann Radi Radenkovic wieder als fabelhafter Tormann bis zur Mittellinie stürmen und obendrein ein Meistertitel winken würde ... Das städtische Anwesen bröckelte aber still vor sich hin, weil die Vereinsführung längst den Umzug ins große Olympiastadion beschlossen und vollzogen hatte. Ich selbst war in dieser Frage recht leidenschaftslos, zumal ich in der alten Löwenarena ein deprimierendes Erlebnis gehabt hatte. Zu einem der letzten Spiele an der Grünwalder Straße war ich als frischgebackener 2. Bürgermeister erschienen, aber an der Polizeiabsperrung gescheitert. Kein Mensch kannte mich. Da rief mein Fahrer: »Platz da für den Bürgermeister!« Löwenfans und Polizisten sprangen respektvoll zur Seite und ließen ihn durch. Allerdings schloss sich die Lücke genauso schnell, wie sie sich geöffnet hatte. Da stand ich nun draußen vor der Menge, mittlerweile ganz allein. Mir blieb nichts anderes übrig, als wichtigtuerisch zu schreien: »Ich bin sein Fahrer!«, um auch noch durchgelassen zu werden.

Ouvertüre auf dem Balkon

Die eigentliche Stadiongeschichte, die mir die nächsten Jahre vergrätzen sollte, begann eines schönen Nachmittags 1997 auf dem Rathausbalkon. Die Saison der Bundesliga hatte wie so oft mit dem Meistertitel für den FC Bayern geendet, und ich hatte die edle und wahrhaft uneigennützige Aufgabe, dafür als Gastgeber eine kleine Triumph-Feier auszurichten, sodass alle Spieler auf dem Balkon im Jubel der Massen baden und rund 30000

Fans sich unten auf dem Marienplatz die Seele aus dem Leib schreien konnten.

Da der Rekordmeister praktisch alle Jahre wieder Meister wird, hatte ich in Meisterfeiern schnell Routine erworben: Zunächst einmal kommen die hohen Herren wie immer eine gute Stunde zu spät, weil im Gedränge kein Durchkommen war, dann gilt es, im kleinen Sitzungssaal passende Worte zu sagen, die kein Mensch hören will, weil sich ohnehin schon herumgesprochen hat, dass Bayern wieder einmal Meister geworden ist, was aus protokollarischen Gründen sowie aus einer spezifischen Chronistenpflicht heraus aber noch einmal vom Oberbürgermeister bekannt gegeben werden muss. Die Grußbotschaften an den ruhmreichen Trainer (der freilich zum Ende der nächsten Saison als Totalversager von Kaiser Franz vom Hof verjagt werden wird) und ans erfolgsverwöhnte Präsidium gehen stets unter im Scherzen der Spielerfrauen und im Gequengel sämtlicher Söhne von Rathausmitarbeitern, die von ihrem Papi trickreich eingeschleust wurden und auf der Stelle Autogramme bekommen wollen. Dann

Münchner Merkur
aktuell
OB Ude:
„München ist die glücklichste Fußball-Stadt der Welt“

Täglicher Leser-Service: Verkehrslage in München, Luftqualität, Wetter, Finanzen, Termine, Kino, Theater schreitet die ebenso schnell wie aufwändig verköstigte Gesellschaft hinaus auf den Balkon – und mir kommt die diffizile Aufgabe zu, ein demonstrativ freundliches, ja fußballstadtvaterglückliches Gesicht zu machen, während die Fans bis zum bedrohlichen Anschwellen der Stirn- und Halsadern »Buuuuhh« rufen, weil ich doch ein Blauer bin und hier überhaupt nichts verloren habe. So ganz genau weiß ich übrigens selber nicht, was ich hier verloren haben könnte, aber es ist eine Frage des Prinzips. Außerdem betrachte ich das akustische Spießrutenlaufen als Training. Wer regelmäßig von 30 000 Bayernfans ausgebuht wird und dazu ein freundliches Gesicht machen kann, vermag über sagen wir 200 moralisch entrüstete Bürgerversammlungsbesucher, die über Hundekot oder Mobilfunkantennen klagen oder allen Durchgangsverkehr ins Nachbarviertel verlegt haben wollen, wirklich gelassen zu schmunzeln. Seit ich im Fernsehen gesehen habe, dass Ronald Reagan wütende Gegendemonstranten bei einem Staatsbesuch zur Weißglut getrieben hat, indem er ihnen freundlich zuwinkte, als ob ihre Transparente Huldigungen enthielten, grüße ich die tobende rote Menge sogar mit gönnerhaftem Winke-Winke.

Dies alles war, wie gesagt, schon Routine. Doch diesmal geschah Unerwartetes, noch nie da Gewesenes: Die Massen begannen, als ich kurz an die Brüstung trat, zu singen.

Tatsächlich, der Chor galt keinem Spieler, der Text war unverkennbar, nach der Melodie von »Ja, mir san mit'm Radl da«: »U-de, bau das Stadjon aus, U-de bau das Stadjon aus …« Weil Politiker auf höchst alberne Weise eitel sind, war ich zunächst einmal sehr stolz, dass all die Kerle aus Fürstenfeldbruck und Erding, aus Mittelfranken und der Oberpfalz meinen Namen wussten und sogar in heimisches Liedgut eingearbeitet hatten. Aber dann wurde ich doch neugierig, was mir der weitere Text eigentlich sagen sollte. Stadionausbau? War das nicht ein Anliegen der hier eher unerwünschten Blauen, die gerne eine Totalsanierung des Grünwalder Stadions hätten, weil sie das riesige Olympiastadion nicht füllen konnten?

Völlig verunsichert fragte ich einen Vizepräsidenten, was es mit dem Singsang der Fangemeinde eigentlich auf sich hatte. »Vergessen Sie's«, riet er mir, »die meinen tatsächlich das Olympiastadion! Das wird jetzt im Verein diskutiert.«

Ich konnte es nicht fassen: Da glaubten diese Freunde aus Mittelfranken und der Oberpfalz doch tatsächlich, wir würden unser Stadion, was sage ich: das einmalige, architektonisch meisterhafte, weltberühmte Olympiastadion umbauen, nur weil ihnen irgendwas nicht passt! »Warum eigentlich?«, fragte ich den Vizepräsidenten. »Wegen der Entfernung vom Spielfeld. Und wegen dem Regen«, antwortete er im Telegrammstil, mehr war im Jubelgeschrei für die Spieler, die jetzt nacheinander die Schale hochhielten, küssten und weiterreichten, einfach akustisch nicht drin. Wegen dem Regen, wiederholte ich in Gedanken, der Dativ der Fußballer! Ich mag ihn übrigens auch nicht, den Regen. Da können wir ja gleich »wegen dem Regen« die ganze Stadt abreißen, dachte ich, oder zumindest alle Straßen und Plätze überdachen …

Weil der Jubel mit Gesang (»We are the Champions« und »Forever Number One«) kein Ende nahm, hatte ich Zeit, an der Brüstung des Balkons meines Rathauses unerschütterliche Beschlüsse zu fassen, die ich freilich für mich behielt, was meine Entschlusskraft noch steigerte: »Niemals werde ich meine Hand reichen für einen Umbau des Olympiastadions! Schließlich sind die Bauten von Günther Behnisch seit den heiteren Spielen von 1972 ein Wahrzeichen unserer Stadt, ein Denkmal der demokratischen Bundesrepublik! Und hier ist Deutschland 1974 sogar Weltmeister geworden – kann ein Stadion noch eindrucksvoller seine Eignung für größte Fußballereignisse beweisen?«

Die Löwen als einzige Stütze

In der Folgezeit verdichteten sich die Hinweise, dass die Sprechchöre auf dem Marienplatz nicht aus eigener Ahnungslosigkeit heraus agierten, sondern gewissermaßen als Söldnerheere des Vereins tätig waren. Die Vereinsspitze setzte nämlich nach, mit gezielten Attacken auf das Olympiastadion, das plötzlich als die Stümperei eines Dilettanten, als Schikane eines Fußballhassers, als demnächst einstürzender Altbau hingestellt wurde. In diesem Stadion, so lernte ich bei Podiumsdiskussionen mit Fußballgrößen und Debatten mit Fangruppen im Studio des lokalen Fernsehsenders, sieht man vor lauter Entfernung die Spieler nicht, kommt nie und nimmer eine Stimmung auf, verliert der FC Bayern allein aus diesem Grund saisonentscheidende Punkte ... Mein läppischer Einwand, trotz alledem sei ausgerechnet hier Deutschland Weltmeister und der FC Bayern Rekordmeister geworden, wurde mit klassenkämpferischer Verve weggefegt: Als Promi säße ich natürlich im Ehrengastbereich unterm Dach im Trockenen, vom FC Bayern noch dazu in rote Wolldecken gehüllt, während die Fangemeinde, das zahlende Fußvolk, in den Kurven oder auf der Gegentribüne friere, fröstle und nass werde, gnadenlos Wind und Wetter ausgeliefert und ohne Chance, sich am weit entfernten Spiel-

Über den Wolken muss der Hochmut wohl grenzenlos sein ...

geschehen aufzuwärmen … Besorgt fragte ich mich, wann die deutschen Langläufer eine Fußbodenheizung unter der Loipe verlangen würden, weil das Winterwetter für Sportler einfach unzumutbar sei …

Meine einzige Stütze bei solchem Schlagabtausch waren die versprengten Sechzgerfans, die das Olympiastadion von Haus aus hassten und deshalb keine einzige Mark in dieses Monstrum investiert sehen wollten, weil es doch nur auf Giesings Höhen, an der Grünwalder Straße, ein Fußballglück geben konnte. Nun war zwar die Rückkehr in die Löwenarena für jeden nüchtern denkenden Kopf ein total unmögliches Unterfangen, weil doch der Verein höchst selbst das Olympiastadion für Jahre gebucht hatte und der Nostalgieschuppen in Giesing immer baufälliger wurde, aber die in ihren Sehnsüchten

Ude: »Direkt erpresst fühle ich mich aber nicht!«

schwelgenden Löwenfans waren doch noch dazu gut, wenigstens allzu dreiste Ausbauforderungen ans Olympiastadion zurückzuweisen, und zwar – das machte den Reiz dieser Unterstützung aus! – auch im Namen von Münchner Fußballfans: Überdachung der Gegentribüne? Herausgeschmissenes Steuergeld! Tieferlegung des Spielfelds? Pure Verschwendung!

Offenbar beflügelte die Blauen der Gedanke, dass die Bayernfans auch mit den teuersten Spielern der Nation und dem größten Fortune der Liga in »ihrem« nur teilweise überdachten Olympiastadion gelegentlich hilflos im Regen stehen müssen …

Das Kopfschütteln der gebildeten Stände

Zum Glück besteht die menschliche Gesellschaft aber nicht nur aus Fußballfans. Es soll ja sogar Leute geben, die noch nie in einem Stadion waren. Hartnäckigen statistischen Angaben zufolge handelt es sich bei diesen Randgruppen unserer Mediengesellschaft sogar um eine überwältigende Mehrheit der Bevölkerung. Als Kulturpolitiker hatte ich schon seit Jahren den Satz auf den Lippen, dass jährlich mehr Menschen in Museen gehen als in Stadien. Das war – und ist – für die Medienwelt aber völlig unerheblich. Nie würde Nofretete, Madame Pompadour, die Familie der Hohenzollern oder das Werk Picassos oder ein anderer Museumsknüller heutzutage Schlagzeilen machen – aber jede Bemerkung von Kaiser Franz lässt den Blätterwald rauschen, als würde sie die Welt erbeben lassen. Wenn er sich räuspert, den Kopf schüttelt, »Naja« sagt oder sogar »Schaun mer mal«, brechen Dutzende Reporter mitten in der Pressekonferenz auf, um diese Sensation der Redaktion mitzuteilen, die dann auch tatsächlich eine Titelstory daraus macht. Gleichwohl ist nicht jeder von dieser medialen Hysterie erfasst. Es gibt auch gebildete Stände, die sich über die tagtägliche Nabelschau der Fußballwelt im Sportteil lustig machen. Und bei diesen kultivierten Menschen hatte ich einen leichten Stand, wenn ich die maßlosen Ausbaupläne des FC Bayern auf die Schippe nahm. Wo immer ein Bürgerfest ins Wasser zu fallen drohte, ließ ich die Bemerkung fal-

»So tät's mir schon g'fallen, Herr Ude!«

len, der FC Bayern hätte als Veranstalter längst den ganzen Platz überdachen lassen ... Und wo immer ein Kirchenjubiläum zu feiern war, lobte ich die Bescheidenheit des Herrgotts, der immer noch mit den gleichen Immobilien wie vor einigen Jahrhunderten auskommt, während die Fußballstars ständig neue Anforderungen an die Bauwerke stellen, um in geneigte Stimmung zu kommen ... Das kam an bei schmunzelnden Vollakademikern, die es ohnehin skandalös fanden, dass Kicker mehr verdienten als Oberstudienräte oder Museumskuratoren.

Das Bollwerk Urheberrecht

Meine Siegesgewissheit im täglich brisanter werdenden Geplänkel mit den Bayern-Vorständen entnahm ich als einschlägig erfahrener Jurist aber dem deutschen Urheberrecht. Aus mühseligen Verhandlungen um kleinste Veränderungen – es ging da beispielsweise um ein Werkstattgebäude – wusste ich, dass Günther Behnisch, der Architekt des Olympiaparks, die Machtpositionen, die ihm das deutsche Urheberrecht verschaffte, gnadenlos auszuschöpfen verstand. Das war seinerzeit, als es um das Werkstattgebäude ging, durchaus strapaziös, jetzt aber zutiefst beruhigend. Auch wenn der Kaiser mit noch so forschen Forderungen käme, würde ihn der Architekt der Olympiaanlagen – völlig unabhängig von der Gunst der Fans und der Medien – vom fernen Stuttgart aus schon zurechtstutzen! Konnte es einen schöneren Trost geben angesichts der permanenten Vorstöße der Kicker, die Weltarchitektur des Olympiaparks nach ihren banalen Bedürfnissen umzukrempeln?

Die Festung bröckelt

Allzu gewaltig durfte man sich das Bollwerk, an dem alle Schlachtrufe der Fans abprallen sollten, aber auch wieder nicht vorstellen. Günther Behnisch war nämlich für ein Architektenhonorar durchaus bereit, das einzigartige Denkmal umzumodeln – solange nur sein Büro damit beauftragt wurde. Im Dezember 1995 hatte er vorgeschlagen, die Gegentribüne zu überdachen, VIP-Logen einzurichten und mehr Sitzplätze zu schaffen, alles für die Kleinigkeit von 150 Millionen Mark. Dies hatte ihm der Olympiapark abgerungen, um endlich die Fußballszene zu beschwichtigen. Die Kicker und ihre Fans konnten sich dabei darauf berufen, dass sie schon vor den olympischen Spielen für den Fall der fußballerischen Nachnutzung auf ein Dach über der Gegentribüne bestanden hatten – wie es ursprünglich auch vorgesehen gewesen war. Mehr noch: Für dieses zusätzliche Dach waren sogar schon die Fundamente gelegt worden. Und seitdem waren völlig verabredungswidrig die Fans dem Regenguss ausgeliefert worden.

Aber jetzt wollten die roten Fans auf einmal mehr als nur ein Dach über dem Kopf: Sie verlangten einen »Umbau«, die Umgestaltung der Leichtathletik-Arena in ein Fußballstadion. Die Debatte begann langsam, etwas unübersichtlich zu werden: Bei den Löwen forderten lautstarke Fangruppen die Rückkehr nach Giesing, präsidiumstreue Initiativen hingegen das längst versprochene Dach überm Kopf; die Bayern aber entwickelten weitergehende Forderungen: Beseitigung der Leichtathletik-Bahnen, dann Tieferlegung des Spielfelds, eine neue Dachlandschaft, die auch die Fans in den Kurven schützt... Bei den Teilnehmern der Architekturdebatte wiederum musste man unterscheiden zwischen Behnisch-Fans, die sich jede Veränderung des Meisterwerks verbitten wollten, und anderen Behnisch-Fans, die dem Meister auch bei Umbauplänen Unfehlbarkeit bescheinigten und deshalb den »WM-tauglichen Ausbau« durchaus befürworteten. Immerhin lehnten sämtliche Architektur-

STADION-SPIELCHEN: »Den spuin ma jetzt schwindlig, Wildmoser«

liebhaber weitergehende Umbauforderungen ab, die sie als geradezu barbarische Gräueltaten brandmarkten.

Im Dezember 1995 hatten wir im Aufsichtsrat des Olympiaparks einstimmig den »WM-tauglichen Ausbau« für 150 Millionen Mark beschlossen. Damit, hatte ich beim anschließenden Jahresabschlussessen im Schein von Adventskerzen gedacht, ist die lästige Diskussion wenigstens beendet – und die Einstimmigkeit bürgt dafür, dass keine Seite den Streit neu anzetteln kann. Wie schön, wenn alle politischen Parteien zusammenstehen und die Stadt und die Vereine zu gemeinsamen Lösungen finden! Mit diesen harmonischen vorweihnachtlichen Gedanken hatte ich das Stadionthema wieder ad acta gelegt und gründlich verdrängt – bis mich die Gesänge der Fans aus dieser Tagträumerei wieder herausrissen.

Kehrtwendung des FC Bayern

Alle Beteuerungen, der bereits beschlossene Umbau werde schon erfolgen, fruchteten jetzt aber überhaupt nichts mehr. Nachdem der FC Bayern nämlich seine Pläne beim Olympiapark durchgesetzt hatte, ließ er sie fallen wie eine heiße Kartoffel, schlimmer noch: er prangerte seine eigene Initiative zum Umbau plötzlich als Schnapsidee an, die nur viel Steuergeld koste, aber überhaupt nichts bringe. »Mit diesem Stadion«, erzählte Kaiser Franz im Sommer 1997 in Zeitungsinterviews, »werden wir nie glücklich!« Deshalb wolle der FC Bayern ein eigenes Stadion bauen, irgendwo. Plätze dafür gibt es ja wie Sand am Meer. Praktisch überall, und zwar mit U-Bahn-Anschluss.

Wenigstens mit Edmund Stoiber konnte man da noch vernünftig reden, obwohl er Vorsitzender des Verwaltungsrats des FC Bayern war. »Wir müssen da«, sagte er mir nach dem Wiesn-Anstich, »natürlich zusammenarbeiten. Stadt und Land und die beiden großen Volksparteien.« Die Repräsentanten des FC Bayern hätten nämlich, so großartig sie auch als Fußballprofis und Fußballmanager seien, überhaupt keine Ahnung von der Meinung der Steuerzahler, von den Problemen der Standortsuche, von den Kosten eines Grundstücks und seiner

Durchblick

Freimachung, von der Dauer eines Planfeststellungsverfahrens und einer Bauleitplanung, von der Verkehrserschließung ganz zu schweigen. Wir konnten uns blitzschnell verständigen: Nur im Olympiapark ist schon alles vorhanden, das Grundstück, die Freiflächen rundum, der Abstand zur Wohnbevölkerung, der U-Bahn-Anschluss. Und überhaupt stünde das Stadion nach einem Auszug des Fußballs praktisch leer, nachdem es jetzt gerade aus Mitteln der Olympiarücklage für 70 Millionen Mark eine Dachsanierung erhalten hatte. Unvorstellbar! Aber wer kann das schon Fußballern klar machen?

Ende September ließ der Ministerpräsident verlauten, es sei »seit langem bekannt, dass ich die Mo-

»Eigentlich wär's angemessen, wenn auch unsere Sonderwünsche mit Steuergeld gebaut würden!«

dernisierung des Olympiastadions unterstütze.« In vollem Konsens mit dem Freistaat forderte der Stadtrat mit allen Stimmen der großen Volksparteien im Oktober den FC Bayern auf, im Olympiastadion zu bleiben; untertänig wurde der Umbau nach den Plänen des Vereins versprochen. Dieses Versprechen hörte der FC Bayern zu dieser Zeit aber überhaupt nicht mehr gerne.

Konkurrenz im Oberland

Ganz im Gegenteil: Tief verärgert über die neuen städtischen Umbauzusagen brachte der FC Bayern laufend neue Standorte für einen Neubau ins Gespräch, meist im Oberland, um die unbotmäßige Landeshauptstadt zu strafen: In Ismaning sei noch Platz, hieß es plötzlich, ganz nah am Flughafen ebenfalls. Auch Neubiberg würde sich über ein Stadion freuen, sagte das Medienorakel. Ein Scherzkeks riet mir, ich solle doch Fröttmaning vorschlagen, das Gelände neben dem Müllberg und der stinkenden Kläranlage; da könne sich der FC Bayern doch richtig suhlen; aber für so eine Provokation, die man mir als bewusste, ja sogar unflätige Beleidigung der Bayern ausgelegt hätte, wollte ich keine Verantwortung übernehmen …

In der öffentlichen Debatte tauchte stattdessen die Zauberformel »Poing« auf. Richtig, die aufstrebende Umlandgemeinde hatte schon einen Wildpark mit leibhaftigen Wildschweinen, da könnte sich problemlos auch der FC Bayern ansiedeln. Die

Münchner Öffentlichkeit war zutiefst gespalten: Die Kultusministerin vernahm schon das Gespött der Weltöffentlichkeit, wenn »die Bayern München verlassen«, die Fußballmuffel der Stadt hingegen amüsierten sich bei dem Gedanken, der Rekordmeister müsse sich bald »FC Bayern Poing« nennen und überdies aus der Vereinskasse eine U-Bahn-Anbindung für Wildschweine nebst Stadion finanzieren. Kenner Poings wiederum beruhigten alle nervenschwachen Kommunalpolitiker: In Poing gebe es höchstens einen Landwirt, der den erforderlichen Grund verkaufen wolle, und einen Gastwirt, der schon vom Verkauf von Dosenbier an zigtausende Fans träume, alle anderen Bewohner hingegen würden das Projekt, das ihnen statt der naturnahen Aussicht den Anblick hoher Betonwände und statt ländlicher Beschaulichkeit das Grölen betrunkener Horden bescheren würde, mit Sicherheit bei einem Bürgerentscheid ablehnen.

Olympische Kehrtwenden

Ich war vollgepumpt mit Argumenten gegen einen Neubau im Umland, als am 10. März 1998 in ein Zelt am Rande des Olympiaparks zum großen Stadiondisput geladen wurde. Doch dann geschah eines der zahlreichen Wunder der Münchner Stadiondebatte: Günther Behnisch, der jahrelang wegen jedem Papierkorb auf dem Olympiagelände erbitterte Korrespondenz geführt und Klagen angedroht hatte, war plötzlich bereit, alle weitergehenden Wünsche des Fußballs beherzt in die Tat umzusetzen. Auf die 180-Grad-Wende des Architekten folgte der Fallrückzieher des Fußballkaisers. Franz Beckenbauer war über das neue Angebot von Günther Behnisch so froh, dass er sich zu dem Bekenntnis hinreißen ließ, das Olympiastadion sei sowieso das schönste der Welt und werde nach Korrekturen durch den großen Meister einsame Spitze unter allen Stadien dieser Welt sein. War das nicht wirklich phantastisch? Plötzlich war es mir nichts, dir nichts gelungen, Behnisch *und* Beckenbauer unter einen Hut zu zwingen. Das war die Lösung! Fußballfans würden vor ihrem Idol ebenso einknicken wie Architekturfreunde! Endlich alle relevanten Kräfte auf einer Linie. Also Umbau! Zwar ein bisschen mehr als nur »WM-tauglich«, aber dafür sind alle im Boot. Und das Wichtigste: Der FC Bayern bleibt in München, und zwar im Olympiastadion! Es wäre ja auch wirklich zu albern, wenn das »Oly« nach der Dachsanierung für 70 Millionen Mark einfach leer stehen würde und der Stadt jährlich Millionen an Pachtzahlungen der Fußballvereine entgehen würden, nur weil man an einem anderen Ort noch ein zweites Stadion errichtet! Na, wer

1,- Mark Donnerstag, 19. November 1998

Lokales Rock & Pop aktuell

Abendzeitung

FÜR MÜNCHEN DAS BESTE.

Sport Steffi siegt und siegt ...

Stadionumbau – Ude und Beckenbauer im Abseits

Neue Filme in München

sagt's denn, dachte ich auf dem Heimweg, die Fußballer sind doch recht vernünftige Leute; kaum haben sie sich auf dem Land ein wenig umgehört, wie beliebt dort ein Stadion wäre, kehren sie auch schon aus ihren Phantastereien in die Realität zurück, also ins Olympiastadion.

Nach Beckenbauers Umfall konzentrierte sich der Zorn der Fans in einem bisher nicht erlebten Ausmaß auf den Bayern-Präsidenten und die anderen Vereinsgrößen, die erst alle Anhänger in die Schlacht geschickt hatten und dann »schmählich im Stich ließen«; Vorwürfe wie »Verrat« und »Betrug« beherrschten die Schlagzeilen und die Leserbriefspalten, und stets war die FC-Bayern-Führung gemeint.

11 Mord-Opfer eines Arztes
WIR VERDOPPELN IHR GEHALT!
-34° Winter hält uns gefangen
tz
Aufstand der Bayern-Fans:
Beckenbauer, du Verräter!
Lernen mit Spaß und Erfolg!

Endlich einmal eine Diskussion, die sich wirklich gelohnt hat, dachte ich mir bei der verblüffenden Zeitungslektüre, aber die idyllische Ruhe fürs Rathaus war nur die Stille vor dem nächsten Sturm.

Von Steilwand und Pferdesport

Nachdem sich Günther Behnisch plötzlich zu weitergehenden Umbauplänen bereit erklärte, beherrschte zunächst die Steilwandlösung aus dem Stuttgarter Büro die Diskussion: Die Osttribüne sollte mit einer Länge von 200 Metern und einer Höhe von 30 Metern ausgebaut werden. Eine Steilwand! Mitten im Olympiapark! Andererseits: Die Steilwand war ja immerhin von Behnisch persönlich …

Während beide Vereine dem »Vater des Olympiaparks« Beifall zollten, schüttelten Architekten den Kopf, wie die Stadt so etwas überhaupt in Erwägung ziehen konnte, so einen barbarischen Akt gegen das Werk von Günther Behnisch!

Dafür konnte der Stadtrat Ende 1998 wenigstens für ein anderes Gebiet Klarheit schaffen: Das Reitgelände in Riem, das der FC Bayern zu allem Überfluss und zum Entsetzen aller weißblauen Pferdefreunde auch noch als diskutablen Stadionsstandort für eine etwaige Neubaulösung ausgemacht hatte, kommt nicht in Frage! Der einmütige Beschluss trug mir im folgenden Fasching auf der Gala des bayerischen Pferdesports eine hohe sportliche Auszeichnung ein, den Preis »Ein Königreich für ein Pferd«, für den andere Preisträger sich ein Leben lang auf sündteuren Rössern im Sattel halten müssen. Ich musste nur einen Smoking anziehen und die Laudatio anhören, dass ich allen Begehrlichkeiten des mächtigen FC Bayern mit Rückgrat und Zivilcourage widerstanden hätte … Komplimente dieser Art sollten in den nächsten Jahren verteufelt selten werden, weshalb ich die hohe Auszeichnung, ein galoppierendes silbernes Pferd, immer noch in Ehren halte und nicht auf einem Flohmarkt verhökert habe.

Kleiner Exkurs nach Riem

Im ewigen Hin und Her der Stadiondebatte mit täglich neuen Schlagzeilen, Umbaumodellen und Finanzierungskonzepten schleuderte Franz Beckenbauer plötzlich wie Gottvater Zeus Blitze auf das »Rathaus der Schlafmützen«, und die personifizierte »Abteilung Attacke« namens Uli Hoeneß, der schon zu Beginn der Stadiondebatte gefordert hatte, unwillige FDP-Stadträtinnen »an die Wand zu knallen«, wurde vom Präsidenten übertroffen: Man werde doch mit gutem Willen einen Terroristen finden, der das Olympiastadion wegsprengen könne ... In einem Zeitungsinterview präzisierte er später lachend, man müsse halt so sprengen, dass das Dach erhalten bleibe, weil das schon ein Wahrzeichen sei, auch wenn man darunter bei Regen und Wind nass werde.

Im Sommer 1999 standen OB-Wahlen an, und der CSU-Kandidat Aribert Wolf griff die feinsinnigen Anregungen auf: weg mit dem Stadion und her mit einen Hexenkessel à la Amsterdam, den man nur unters weltberühmte Zeltdach schieben müsse. Dieser Vorstoß stürzte zwar das gesamte Feuilleton in blankes Entsetzen, was mir wahlpolitisch wie gerufen kam, aber Fangruppen beider Vereine schienen sich durchaus für die Radikallösung zu erwärmen. Um den Druck auf die Stadt noch mehr zu erhöhen (die Vereine erhoben ständig neue Forderungen an den Umbau, wollten dafür aber keine entsprechend erhöhten Pachtzahlungen zusagen), präsentierten sie plötzlich gemeinsam mit der

Schörghuber-Unternehmensgruppe den Plan, ein multifunktionales Stadion in Riem zu errichten. Das war nun schon ernster zu nehmen als der Ruf nach einem Neubau auf dem Zentralen Hochschulgelände im Norden des Olympiaparks. Während der Eigentümer des Hochschulgeländes, der Freistaat Bayern, nämlich von den Neubauplänen nichts wissen wollte, war diesmal der Grundstückseigner mit von der Partie. Da konnte man den Fans, die in jede Versammlung rumpelten und jede Leserbriefseite beherrschten, also nicht mehr einfach antworten, sie sollten sich erst einmal mit dem Eigentümer verständigen. Da braute sich jetzt etwas zusammen: Der Neubau sollte auf einmal auf

Hochfliegende Pläne

einem real existierenden Grundstück unter Mitwirkung des Eigentümers, einem großen Bauunternehmen, errichtet werden. Im Stadion plakatierten die vereinigten Fan-Clubs in der Südkurve schon ihren »Wunschzettel«: »Ude weg. Neubau her!«

Monatelang hatte ich mir den Mund fransig geredet, auf welche Probleme ein Neubau stößt, selbst wenn man ein passendes Grundstück hat: Das Raumordnungsverfahren! Die Bauleitplanung! Die Verkehrserschließung! Ein Ozean unlösbarer Probleme! Aber die hohen Herren vom FC Bayern schüttelten nur den Kopf: So ein Quatsch. Wenn wir was beschließen, dann machen wir das. Zack. Da gibt es kein Zögern und Zaudern. Einfach nur Zack. Wie bei einem Spielerkauf. Geld auf den Tisch. Und fertig. Zack.

Nein, ich war nicht länger bereit, mich von den Kicker-Profis und ihren johlenden Fans abwatschen zu lassen, weil der Traum von einer Ajax-Amsterdam-Arena im Münchner Osten angeblich nur an meiner bürokratischen Halsstarrigkeit scheitert. Am 19. April 1999 war wieder einmal ein Spitzengespräch mit den Vereinspräsidenten. Ich resümierte kühl, dass sich die Beteiligten wohl auf keine Vereinbarungen hinsichtlich des Olympiastadions und der finanziellen Fragen einigen könnten, so dass man die Pläne des FC Bayern für einen Neubau in Riem »wohlwollend prüfen« werde. Verwunderung bei Löwen-Boss Karl-Heinz Wildmoser, Erleichterung bei Franz Beckenbauer, Überraschung bei der anschließenden Pressekonferenz, Frust bei der Münchner CSU, der in Windeseile das einzige Wahlkampfthema, eine Kampagne gemeinsam mit den Vereinen gegen den »fußballfeindlichen Oberbürgermeister« abhanden gekommen war. Im Truderinger Festzelt, gleich neben dem Riemer Arena-Gelände, bei der größten Veranstaltung im »schwarzen Erdteil« Münchens, konnten die CSU-Parteigrößen zwar im Einklang mit den lokalen Interessen gegen »die Stadionpläne des OB« polemisieren und damit punkten, aber im übrigen Stadtgebiet machte es der CSU schwer zu schaffen, dass plötzlich *sie* in Gegensatz zur Welt der Kicker geraten war. Aus der schwarze Traum vom Fußball als Wahlhelfer!

Bei der OB-Wahl im Juni kam ich stadtweit über 62 Prozent – stabile Mehrheiten in sämtlichen Stadtvierteln, außer in Trudering.

Im Herbst dämmerte den Neubau-Planern, dass alle meine Warnungen vor unüberwindlichen Schwierigkeiten begründet gewesen waren. Beckenbauer beschimpfte vorsorglich die Stadt, nicht begeistert genug die Sache vorangetrieben zu haben. Edmund Stoiber pflichtete bei, die Stadt hätte sich mehr engagieren müssen, obwohl es für das private Bauvorhaben nicht einmal eine Voranfrage der Bauherren gab. Uli Hoeneß stellte sich schlagzeilenträchtig als armes Opfer von Finten des OB dar, der ihm die Schnapsidee Riem eingetrichtert habe …

Ude: »Bis zur OB-Wahl ist jetzt hoffentlich der Deckel drauf!«

Neue Schnapsideen ließen nicht lange auf sich warten: Stefan Braunfels, der Architekt der Pinakothek der Moderne, schlug als Neubau-Standort das Grundstück des Radstadions direkt neben dem Olympiastadion vor. So könnte man die vorhandene Verkehrsanbindung nutzen, meinte er. Schon wahr. Aber der wertvolle Park würde zugebaut und die Stadt würde sich selber auf eigenem Grund Konkurrenz machen. Vor allem aber stand da schon ein Gebäude, das gar nicht der Stadt gehörte. Da selbst die CSU von einer »grotesken Idee« sprach, schlief diese Standortdebatte schnell wieder ein.

Jahresbilanz: Als Neubaustandort war Riem endlich genauso tot wie das ZHS-Gelände und das Grundstück des Radstadions – und der FC Bayern schien nach der Riem-Exkursion bereit, reumütig ins Olympiastadion zurückzukehren. Das war es doch, was ich eigentlich immer wollte: Dass der Fußball im Olympiastadion bleibt, auch wenn die Umbaupläne mittlerweile schon reichlich weit gingen …

Stoiber ruft zu den Stadion-Gipfeln

Das neue Jahrtausend, das jedenfalls nach herrschender Lehre am 1. 1. 2000 begann, sollte als erstes dem Volk der Bayern ein neues Verfassungs-

Vorbereitung auf das Stadion-Spitzengespräch

FUSSBALL
STADION
KOSTEN
Haitzinger 99

organ bescheren, das allerdings in der Verfassung nie vorgesehen war: den Stadion-Gipfel. Der Stadion-Gipfel tagt in der Bayerischen Staatskanzlei im Kabinettssaal, wird vom Ministerpräsidenten einberufen, besteht aus dem Gastgeber, dem Münchner Oberbürgermeister und den Präsidenten von FC Bayern und 1860 München sowie weiteren Bedeutungsträgern, stochert bedeutungsvoll mit der Stange im Nebel herum und verkündet der staunenden Weltöffentlichkeit, vertreten durch Heerscharen geduldig wartender Medienvertreter, endgültige Beschlüsse, die freilich stets nur von kurzer Dauer sind.

Vor dem ersten Gipfel hat mir Anfang Januar Günther Behnisch versichert, dass ein Abriss der Ehrentribüne, die mit dem weltberühmten Zeltdach ein einheitliches Bauwerk bildet, unter keinen Umständen in Betracht kommt. Das habe ich als

Gipfel-Dialog

ehernen Grundsatz für die folgenden Debatten beim Dreikönigstreffen der Münchner SPD zur Beruhigung aller Architekturliebhaber verkündet. Der erste Gipfel begann dann damit, dass Behnisch – nach einem Privatissimum bei Stoiber – freimütig erklärte, selbstverständlich könne man die Ehrentribüne auch völlig entfernen. Für den Sommer kündigte er Pläne an …

Anschließend Pressekonferenz mit einhelligem Echo: »Jetzt endgültig: Der Fußball bleibt im Olympiastadion!«

»Schüssel« oder »Ring«?

Im Sommer dann erneut ein Spitzengespräch, diesmal mit neuen Modellen: Eine »Schüssel«, im Prinzip wie gehabt, nur besser, oder ein »Ring«, also ein Stadion mit zwei Rängen, wobei der obere nur mit äußerster Mühe gerade noch gewaltsam unter das Zeltdach gequetscht werden konnte. Kostenpunkt: angeblich 385 Millionen Mark. Die Vereine favorisierten sofort den Ring: Die Bayernfans wären da endlich alle nah am Spielgeschehen und den Sechzgern würde der untere Rang für Heimspiele voll reichen, ohne dass der leere obere Rang besonders auffällt. Ich erklärte, dass ich mir die Schüssel äußerstenfalls noch vorstellen könnte, den Ring aber auf gar keinen Fall. Stoiber erklärte, der Freistaat werde nur den Ring finanziell unterstützen, da die Schüssel von den Nutzern abgelehnt werde. Da half es mir auch nichts mehr, dass neben

dramatisch zu, weil Deutschland die Weltmeisterschaft 2006 erhielt. Ein Fernsehteam hat gefilmt, wie ich im Nebenraum meines Amtszimmers vor dem Fernseher hocke und die spannende Bekanntgabe des Siegers erwarte. Es ist mir doch tatsächlich gelungen, nach den Worten »and the winner is … Deutschland!« einen kleinen volkstümlichen Freudenschrei auszustoßen, obwohl mir natürlich klar war, dass die Stadiondebatte jetzt noch unerbittlicher werden würde.

Heimlich traf ich mich mit einem Repräsentanten des Stuttgarter Architekturbüros und bastelte mit ihm am letzten Tag vor den Sommerferien an einem Kompromiss: Wie wäre es, sich beim Neubau wenigstens an der alten Ehrentribüne zu orientieren, nur steiler, aber ohne zweiten Rang, und dann erst in den Kurven und auf der anderen Seite zwei Ränge herauszubilden? Also unter dem Zeltdach so etwas ähnliches wie das gewohnte Erscheinungsbild, aber gegenüber zwei Ränge und in den Kurven ein eleganter, schwungvoller Übergang!? Mal probieren, meinte er. Das muss er sein, der große Wurf, meinte ich. Im Grunde genommen einfach genial. Außerdem waren jetzt Sommerferien.

Konsens, Konflikt, Nonsens

Vor Stoibers drittem Stadion-Gipfel zeigte mir Architekt Professor Manfred Sabatke den neuen Entwurf, den ich sofort, weil sich doch alle darauf verständigen sollten, »Konsensmodell« nannte: gewissermaßen ein Konsens von Schüssel und Ring, von Stadt und Staat, von Rot und Blau und weiß der Teufel wem, der auch noch mitmischen wollte.

Wieder einmal geschah eines der zahlreichen Wunder: Die Konsens-Lösung stieß auf Konsens. Beckenbauer jubelte: »Ein schöneres Stadion können wir uns gar nicht wünschen.« Na, wer sagt's denn? Stoiber präsentierte sich als Vater der Einigung, was mir aber irgendwie durchaus recht war. Man kann ja nie wissen …

Obwohl sich alle fußballerisch gesehen relevanten Kräfte schnell geeinigt hatten, drohte neues Unheil: Ein Bürgerentscheid. Da hatten sich doch tatsächlich die Neubaufreaks unter den Fußballfans mit Denkmalschützern und Architekturliebhabern sowie Olympia-Nostalgikern zusammengetan, um jedweden weitergehenden Umbau des Oly zu Fall

Ja, wer hat denn das gelegt?

 zu bringen. Unverantwortlich! Außer »Nein« hatte diese zusammengewürfelte Koalition ja auch nichts zu bieten. Die Denkmalschützer wollten natürlich keinen Hexenkessel wie die Fußballfans, und denen war in Wahrheit das verhasste, zumindest aber verregnete Olympiastadion schnurzegal. Gleichwohl waren sie gemeinsam eine gefährlich große Formation ...

Nun musste ich wieder abendfüllende Diskussionen durchstehen, diesmal aber für den weitergehenden Umbau: »Wir sind uns doch alle einig, dass München Austragungsort der Weltmeisterschaft werden muss! Und das geht nun mal nur mit einem WM-tauglichen Stadion! Aber sind 140 Millionen für eine Lösung, die niemand zufrieden stellt, nicht pure Geldverschwendung? Dann doch lieber eine dauerhafte Lösung für München als Fußballhochburg! Richtig: Die Konsens-Lösung muss her. Unter dem Zeltdach das von den Denkmalschützern geforderte gewohnte Bild, aber gegenüber die vom Fußball geforderten zwei Ränge. Und der Freistaat zahlt 100 Millionen! Das ist der für alle Seiten tragbare Kompromiss, ein Gebot der Vernunft!«

Das hochnäsige Geschwätz der eingebildeten Stände begann mich aufzuregen: Die Fans hätten keine Kultur und seien gar keine Münchner, sondern Mittelfranken oder Oberpfälzer. Das Olympiastadion sei das Symbol der neuen Bundesrepublik, ja der transparenten Demokratie schlechthin, und die großartige Sichtbeziehung zum Olympiaberg dürfe nicht gestört werden ... Mal unter uns:

Wissen diese Klugschwätzer überhaupt, wie viele Menschen bei wichtigen Spielen vor dem Fernseher hocken? Wie bekannt der FC Bayern auf der ganzen Welt ist? Und was heißt »Symbol der Bundesrepublik«? Die Wahrheit ist doch: Die Mehrheit steht im Regen und bekommt nicht mit, was gespielt wird – ein sauberes Symbol der Demokratie. Und hat Franz Beckenbauer, auch wenn er oft übers Ziel hinausschießt, nicht einfach Recht, wenn er sagt: »Ich geh' doch nicht ins Stadion, um hinauszuschauen zum Olympiaberg, sondern um ein Spiel zu sehen«?

Und was strebte das Bürgerbegehren eigentlich an? Einen Neubau – aber wo? Und zu welchem Preis? Auf Kosten der Stadt? Nein, danke. Wenigstens waren sich im Stadtrat alle einig, dass man so fahrlässig mit dem Thema nicht umgehen durfte. Auch wenn der allseits verehrte Alt-OB Hans-Jochen Vogel mit von der Partie war. Immerhin war der Stadtrat einmütig gegen das Bürgerbegehren. Vernunft über alle Parteigrenzen hinweg. Allerdings verlangte ein Einzelkämpfer des Gemeindeparlaments, der Umweltschützer Bernhard Fricke, ein Hearing zum Umbau. Na gut, noch ein Termin. Reine Formsache.

Das Hearing hatte es aber allerdings in sich. Ein Vertreter des Bürgerbegehrens, der Architekt Uwe Kiessler, zerpflückte die Planungen der Stuttgarter, zerfetzte die Vorschläge, wies auf ungelöste technische Probleme hin, ließ kein einziges gutes Haar am Entwurf, nicht mal an der Statik. Dann die Antwort von Professor Manfred Sabatke vom Büro

Behnisch: Ja, so sei das. Das könne er nicht entkräften. Dem Büro sei es sowieso am liebsten, von der unlösbaren Aufgabe entbunden zu werden... Zack, bumm, aus.

Lähmendes Entsetzen breitete sich aus. Ich blickte in schreckensstarre Stadtratsgesichter, konnte nur noch in die Mikrophone stammeln: »Die Stuttgarter Architekten haben ihren eigenen Entwurf gemeuchelt.«

Da hatten wir, wenige Wochen vor Weihnachten, die Bescherung. Die Planer qualifizierten ihre Pläne als Murks – und andere Planer durften nicht beauftragt werden. Gottverdammtes Urheberrecht! Wie konnte der Gesetzgeber nur solche Macht in die

Zwei Unschuldsengel mit Stadion-Sündenbock

Hände von Entwurfsverfassern legen – und das gesamte Gemeinwesen der Willkür der einstigen Architekten ausliefern? Den Nachweis, dass sie nicht mögen, hatten sich die Stuttgarter hübsch vergolden lassen. Was nun?

Bei einem Telefonat verständigte ich mich mit Stoiber, dass die Gipfel wohl für die Katz gewesen seien und jetzt kein Weg mehr an einem Neubau vorbeiführe.

Nach der Bescherung neue Geschenke

Aber wo, um Himmelswillen? Nach intensiven Beratungen mit allen erdenklichen Zirkeln in Verwaltung, Fraktion und Partei, die mich schon in den vergangenen Jahren regelmäßig munitioniert hatten, ging ich in die Offensive: Das Zentrale Hochschulgelände muss her! Der Freistaat ist in der Pflicht!

Dieser Vorschlag hatte mehrere unverkennbare Vorzüge: Das Gelände war groß genug für ein Stadion, ganz im Gegensatz zu den Standorten, die von verschiedenen Zeitungen ins Gespräch gebracht worden waren, um brachliegende Grundstücke auf Wunsch der Eigentümer mit fabelhaftem Baurecht auszustatten. Außerdem war die U-Bahn-Anbindung schon da, und die Parkplätze des benachbarten Olympiaparks könnten weiterhin benützt werden. Mehr noch: Die Studenten der Sportfakultät könnten das dann leer stehende Olympiastadion wenigstens für Übungszwecke nutzen, sodass die

Besuchergruppen aus Wanne-Eickel und Japan neben der Transparenz des Zeltdachs auch ein wenig Sportgeschehen mitbekommen … Vor allem aber: Für das bisherige Njet zu diesem Standort war der Freistaat verantwortlich, sodass auch die vergeblichen Mühen um einen Umbau des Olympiastadions letztlich auf seine Kappe gingen …

Zu meiner maßlosen Überraschung erklärte Stoiber, auch das ZHS-Gelände müsse jetzt in die Standort-Überlegungen einbezogen werden. Das war einerseits schön, weil es die Seriosität meines Vorschlags unterstrich. Andererseits war es befremdlich, weil es die Anwohner sofort in Alarmstimmung versetzte. Warum nur musste Stoiber sein Einverständnis gleich in die Welt hinausposaunen? Jetzt hatte ich die Nachbarn dieses Areals, die Bewohner der Olympiastadt, an den Hacken, die in äußerster Erregung dagegen demonstrierten, dass ihnen der OB ein Stadion vor die Nase setzen wolle – mit allem Lärmterror und marodierenden Fangruppen, die ins sorgsam gepflegte Gemeinschaftseigentum pieseln. Streng genommen waren die Anwohner ja seinerzeit, nach den Olympischen Spielen, in die Nachbarschaft eines Stadions gezogen. Aber das war ihnen mittlerweile entfallen.

Samstags 18.45 Uhr
Dr. Sommerfeld
AZ-Jahreshoroskop: Der Waage-Mann
Abendzeitung
1,50 Mark
Gold-Center
Goldschmuck zu Grammpreisen!
1.999,-DM
Telefon-Abzocke bei »Big Brother«
2:0 Hurra, Haching!
BABS BECKER
Recht oder Rache – will sie Boris vernichten?
Neues Stadion im Olympischen Dorf
Exklusiv in der AZ: OB Christian Udes Geheimplan
CDU-Chefin Angela Merkel:

Standortsuche mit Profis

Während ich noch in Zeitungsinterviews meine Zuversicht unterstrich, dass mit dem ZHS-Gelände ein endgültiger Neubau-Standort gefunden sei, geschah ein weiteres Wunder: Der FC Bayern beauftragte Fachleute. Nun mag es ja durchaus üblich sein, einen Architekten einzuschalten, wenn man ein Einfamilienhaus erweitern oder eine Garage bauen will – aber dass sich der FC Bayern zu diesem Schritt schon nach ein paar Jahren entschloss, obwohl es nur um ein lumpiges Stadion für ein paar hundert Millionen ging, war schon erstaunlich. Die Sportredaktionen knieten nieder: Der

Die unendliche Gechichte

FC Bayern schaltet Profis ein – was für ein cooler Profi-Verein!

Die Profis sollten zunächst einmal einen Standort suchen. Das hatte unser Planungsreferat zwar auch schon getan, mit detaillierten Untersuchungen über jedes nur denkbare Plätzchen, aber den Behörden glaubten die Bayern nicht, den eigenen Fachleuten vom Büro Albert Speer & Partner aber schon. Speer durfte sagen, dass ein Gelände ausscheidet, weil es im Landschaftsschutzgebiet liegt – und basta! Wenn die Stadtbaurätin das vorher zum selben Grundstück gesagt hatte, klopften sich die FCB-Stars auf die Schenkel: Den Bürokraten von der Stadt sind Frösche wichtiger als Fußballer! Aber Speer durfte das. Sogar der Einwand, ein Gelände gehöre einem Privatunternehmen und stehe nicht zur Verfügung, wurde ihm kritiklos abgenommen. Auch der Hinweis, ein Grundstück sei mit Häusern bebaut und die Mieter könnten nicht kurzfristig geräumt werden, ging bei ihm durch. So schrumpfte die Zahl der Standorte von Zusammenkunft zu Zusammenkunft, von Spitzengespräch zu Spitzengespräch, und am Ende ging es nur noch um drei: das ZHS-Gelände, den Süden des Olympiaparks und Fröttmaning. Jawohl, Fröttmaning. Im hohen Münchner Norden beim Autobahnkreuz, in Freimann neben Müllberg und Klärwerk. Wo's so stinkt. Speer darf das.

Das ZHS-Gelände hatte den großen Vorteil, in der entscheidenden Schlussphase von mir vorgeschlagen worden zu sein, sodass die Verwirklichung dieses kühnen Plans mir einen Platz in der Hall of fame des neuen Stadions gesichert hätte. Es hatte allerdings auch Nachteile, und zwar juristische, weil die Vorschriften des Lärmschutzes zur benachbarten Olympiastadt nicht eingehalten werden konnten. So war ich wieder einmal mit einer wahrhaft genialen Idee gescheitert. Und dann drohte auch noch schlimmeres Ungemach: Der Standort Olympiapark-Süd, der sich plötzlich im Finale des Ausscheidungskampfs befand, war in Wahrheit eine Katastrophe. Dort würden nämlich andere Nachbarn vom Lärm geplagt, die Bewohner der beliebten Wohnsiedlung Borstei, denen ich schon vor Jahren empfohlen hatte, sich brav für den Umbau einzusetzen und gegen Neubaupläne zu wehren, weil die nur Verdruss bringen könnten. Nie könnte ich ihnen jetzt eine Arena vor der Nase schmackhaft machen. Damit nicht genug: Ein Stadion an dieser Stelle würde nicht nur die Parklandschaft zerstören, sondern auch das Kirchlein von Väterchen Timofej wegfegen, jenes Schwarzbau-Kirchlein, das Ende der 60er Jahre sogar den Olympiaplanern widerstanden und sie gezwungen hatte, die Anlagen für den Radsport anderswo zu platzieren, damit der »russische Eremit« ungestört in seinem Paradiesgarten Blumen pflanzen und verkaufen kann. Jahrelang hatte ich dem angeblich über

sich vor: keine Mehrheit für Fröttmaning. Undenkbar! Da müsste man am Ende das Stuttgarter Architekturbüro um einen kleinen WM-tauglichen Umbau für 140 Millionen Mark bitten. Nein, bloß das nicht!

Inzwischen teilte ich ja Beckenbauers Wunsch nach einem Neubau. Gerade deshalb ärgerte es mich aber sehr, dass er jetzt plötzlich, um die Münchner einzuschüchtern, Schlagzeilen machte mit der Drohung, das ungehorsame Volk der Isar-Stadt werde wegen seiner Aufmüpfigkeit überhaupt kein WM-Spiel bekommen; da habe er nämlich großen Einfluss darauf ... Virtuos mit dem Ball umzugehen ist halt einfacher als mit dem Volk. Aber solange Beckenbauer den Mund hielt, war die Stimmung ganz gut.

Allerdings erwies es sich als schwierig, prominente Zeitgenossen zu finden, die mit gutem Beispiel vorangehen würden: »Ich stimme für Fröttmaning, weil ...« Wer sollte das von sich behaupten können? Franz Beckenbauer? Der lebt bekanntlich in der Steueroase Kitzbühl, ist gar nicht stimmberechtigt. Uli Hoeneß lebt in Unterhaching, auch Fehlanzeige. Karl-Heinz Wildmoser? Pöcking! Und Löwenidol Radi Radenkovic? Wieder Unterhaching! Edmund Stoiber? Wolfratshausen! Und seine »Sportministerin« wohnt in Vaterstetten. Man konnte die Listen der Neubau-Befürworter so oft durchgehen, wie man wollte, keiner zahlte in München seine Steuern. Wenn ich das gewusst hätte bei all den kontroversen Debatten! Das hätte ich ihnen sauber um die Ohren hauen können!

WENNST KOA MANNDERL MACHST, KRIAGST. KOA WM-SCHBUI!
2006
WM
Hanitzsch 2001

Hoch zu Ross

 Aber jetzt zogen wir ja längst an einem Strang. Ein Herz und eine Seele. Und nur ich wohnte in München. Nur ich war stimmberechtigt. Folglich musste ich jetzt pausenlos erzählen, warum ich, der Münchner, der auch in München lebt und wählt, für den Neubau in Fröttmaning stimmen werde.

Vor allem aber musste ich den Medienwahlkampf bestreiten. Das kann man sich gar nicht einfach genug vorstellen. Die Promis des FC Bayern waren zuvor mit den Chefredaktionen essen gegangen und die Geschäftsstelle hatte bei den Verlagen Inserate aufgegeben. Dann kam ich, der Original Münchner Fröttmaning-Befürworter. Die erste Frage bei Privatradios war, welche Fragen ich gerne beantworten würde. Erstmals in meinem Leben durfte ich Interviews geben, die sich über volle zwei Zeitungsseiten erstreckten. Der private TV-Sender, der sonst immer für ein Studio voller politischer Gegner gesorgt hatte, lud mich zum »Streitgespräch« ein – allein. Mit wem ich mich auseinandersetzen solle, wollte ich wissen. Mit den Zweifeln des Publikums, lautete die Antwort. Der Sender gehörte

zur Kirch-Gruppe, die am Stadion vitale Interessen hatte. Medien können ja so lieb sein!

Dennoch darf man sich den Wahlkampf für den Neubau nicht als Honigschlecken vorstellen, eher als Spießrutenlaufen. Die Leute können ja so gemein sein! Manche fragten mich, was eigentlich sein solle, wenn Bayern nicht mehr als Deutscher Meister im internationalen Fußball mitwirkt und Sechzig sogar absteigt? Gute Frage. Tja, wie soll dann der Kredit für den Neubau abbezahlt werden? »Das wollen wir doch nicht hoffen!«, antwortete ich, als mich die Frage nicht mehr unvorbereitet traf. Und der ganze Saal, das ganze Fernsehstudio, die ganze Menge vor dem Informationstisch applaudierte. Rote wie Blaue. München bleibt Fußballhochburg, basta.

tz
-17%
Die Wahl in Berlin
Totales Debakel für die CDU!
Schülerhilfe
München sagt zum Stadion Ja
Sorge bei den Löwen
Einfach zum Heulen

Viel ärgerlicher waren die Bürger, die ohne Not in ihrem Gedächtnis herumkramten. Manche wollten wissen, warum ich früher gegen einen Neubau gewesen sei, wenn er doch die einzig vernünftige Lösung sein soll!? So viel Niedertracht kann einem doch die Sprache verschlagen! Ich und der Neubau! War ich nicht der erste Politiker, der sich mutig und ohne Rücksicht auf eigene Verluste für einen Neubau in Riem ausgesprochen hatte? Gegen alle Widerstände der CSU, die von ihrem Nein zum Neubau vor Ort auch noch profitierte? Hatte ich dann, als dies leider scheiterte, nicht das ZHS-Gelände vorgeschlagen, wo CSU-Stadträte sofort eine Bürgerinitiative gegen die Neubaupläne gründeten? Na bitte.

Andere meinten, ich würde das Olympiastadion verraten, das bald leer stehe und jährlich ohne jeden Nutzen Millionen verschlingen werde. So viel Niedertracht konnte mich nun doch aus der Fassung bringen. Gab es irgendwo jemanden, der ausdauernder für den Verbleib des Fußballs im Olympiastadion gekämpft hatte? Der alles erdenkliche und menschenmögliche getan hat, damit das Oly nicht eines nahen Tages als Planungsruine vor sich hin modert? WM-tauglicher Ausbau, Steilwand-Lösung, Schüssel, Konsens-Modell! Alles versucht,

Jetzt wird's ernst!

obwohl die Fans in der Südkurve genau deshalb meine Abwahl propagierten?

Dieser Redefluss hat jede Kritik in die Schranken gewiesen. Schwierig war es nur, wenn beide Gruppen gleichzeitig präsent waren. Das nahm mir irgendwie den Schwung.

Am 21. Oktober 2001 war es so weit: Bürgerentscheid. Auf dem Dach des Kreisverwaltungsreferats sahen die beiden Präsidenten und ich dem Triumph entgegen. Tatsächlich: Zwei-Drittel-Mehrheit. München sagte JA, der FC Bayern sagte DANKE, und ich glaubte, die Stadion-Geschichte hinter mir zu haben. Aber das war natürlich wieder mal nur ein Irrtum.

In froher Erwartung des Bürgerwillens

Der Rasen – ein Abgrund

Dem Bürgerentscheid folgte der Wettbewerb. Kein Architektenwettbewerb mit 358 Entwürfen aus 127 Ländern, sondern ein so genanntes »Verhandlungsverfahren«, eine Art geladener Wettbewerb für Bauunternehmen samt Architekten, die für die Realisierung und die Preise auch geradestehen mussten. Das Feuilleton der »Süddeutschen Zeitung« erkannte messerscharf, dass bei so einem Verfahren nur Murks von Pfuschern herauskommen kann. Als dann aber der überzeugende Entwurf eines international renommierten Büros herauskam, schrieb das Feuilleton in seiner Unfehlbarkeit, dieses Ergebnis sei nur seiner vorbeugenden Kritik zu verdanken. Es ist einfach beneidenswert, wenn man seinen eigenen Murks selber als einziger kommentieren darf.

Das Gutachtergremium begann aber mit ganz anderen Fragen. An alles war gedacht: an die Statik, den Städtebau, die Verkehrserschließung, die Anforderungen der FIFA – da schob sich plötzlich mit Urgewalt ein Problem in den Vordergrund: Wann wächst Gras? Die Antworten, die vermutlich Jahrmillionen gegolten haben, galten nicht mehr: auf gutem Boden, bei Regen und Sonnenschein. Das mag, wie gesagt, Jahrmillionen so gewesen sein – aber nicht in Stadien. Aus Stadion-Städten gab es jedenfalls die schrecklichsten Alarmmeldungen: Bei Ajax Amsterdam und auf Schalke wächst kein Gras mehr! Gerade in Hexenkesseln der feinsten Art fällt dank der Überdachung kein ausreichendes Sonnenlicht herein. Das Gras verkümmert und verkommt. Wie soll da der FC Bayern noch Punkte sammeln? Von den Löwen einmal ganz zu schweigen.

Das Problem, dachte ich, war doch längst gelöst. Hatte man mir nicht vorwurfsvoll vorgehalten, auf Schalke werde der Rasen mit Schubladen, die größer als das ganze Spielfeld sind, einfach ausgewechselt? Ja schon, wurde das Gremium aufgeklärt, es gibt solche Schubladen. Aber jeder Wechsel des Rasens kostet zigtausende Euro, und der neu hereingeschobene Rasen ist nicht strapazierfähig. Deshalb, so wurden wir Gutachter von der in letzter Minute herbeigerufenen internationalen Rasen-Kapazität belehrt, müsse man darauf achten, dass das Dach der Entwürfe den Rasen nicht allzu sehr bedeckt. Ich wollte schon fragen, ob es vielleicht eine Lösung wäre, wenn man nur die Ehrentribüne überdacht wie im genialen Olympiastadion von Günther Behnisch, aber das habe ich mir lieber verkniffen. Wir sollten, hieß es, auf die Lichtdurchlässigkeit der Dachhaut achten, und die Vorbilder Ajax und Schalke, die mir jahrelang angepriesen worden waren, schleunigst vergessen.

Stachelschwein oder Schlauchboot?

Zwei Entwürfe waren schnell Favoriten: Einer hieß sofort »Stachelschwein«, weil überdimensionale Pylonen ringsum herausragten, der andere »Schlauchboot«, weil er tatsächlich so aussah. Die versprengten Löwen-Anhänger im Preisgericht, ob

 Architekten, Anwälte oder Kommunalpolitiker, raunten einander zu, dass das Stachelschwein auf gar keinen Fall in Frage käme: Denn dieser Entwurf erinnerte nicht nur – bei wohlwollender Betrachtung – an ein Stachelschwein, sondern bei kritischer Würdigung auch an eine Kaiserkrone. Verstehen Sie: an eine KAISERKRONE! Wie sollte man das jemals den Löwenfans klarmachen, dass das gemeinsame Stadion an eine KAISERKRONE erinnert? So paddelte das Gummiboot munter voran und ging einsam bei einer zweiten Sitzung im Februar 2002 ins Ziel.

Das Schlauchboot-Stadion, dessen Luftkissenhaut genug Licht für den Rasen durchlässt, hat nämlich noch einen Vorzug, den man nur als genial bezeichnen kann: Es ist, je nach Bedarf, mal rot und mal blau. Fantastisch! Wenn die Bayern spielen, leuchtet es rot, bei Sechzig aber blau! Jeder Verein samt Fangemeinde kann das Stadion für sein ureigenstes Bauwerk halten, das tief in die Vereinsfarben getaucht ist! Ein blaues Stadion! Das würde auch noch den letzten Löwenfan überzeugen! Und wenn die Roten spielen,

Blick ins Schlauchboot

darf es ruhig rot leuchten, weil da eh kein Blauer hingeht.

Der Jubel über den Entwurf der Schweizer Architekten Herzog & de Meuron, die sich mit der österreichischen Baufirma Alpine zusammengetan hatten, kannte keine Grenzen mehr. Im April 2002 bekam ich beim bundesweiten Medienspektakel des Deutschen Fußballbunds in der Frankfurter Paulskirche gleich zwei »Sieger-Urkunden« ausgehändigt: München wird Austragungsort für die WM und bekommt obendrein das Medienzentrum, in dem 20000 Medienschaffende wochenlang arbeiten sollen. Ich sei, schrieben neidische Zeitungen aus zu kurz gekommenen Bewerberstädten, der »erste Sieger der WM 2006«! Wie Väterchen Timofej, der vor den Spielen von 1972 als ihr »erster Sieger« gefeiert wurde! Stoibers »Sportministerin« Monika Hohlmeier wich mir während des gesamten Frankfurter Spektakels nicht von der Seite, weil sie mit ins Bild kommen wollte.

Späte Kritik: Warum überhaupt?

Dabei war zu Hause an der Isar die Stimmung längst umgeschlagen. Große Konzerne schlüpften durch die Steuerschlupflöcher, die der Bundesgesetzgeber eigens ausgeweitet hatte, und die Finanznot der Kommunen zwang zu drastischen Kürzungen. Wo immer ich eine Kürzung von städtischen Leistungen erläutern oder höhere Gebühren begründen musste, gab es nur ein Echo: »Aber für das

von innen rot oder blau anstrahlen – aber wer sieht das, wenn draußen die Sonne über die Genialität der Zweifarbigkeit des Stadions lacht? Kein Mensch. Es muss schon dämmern draußen oder Nacht werden über Fröttmaning, damit die unterschiedlichen Vereinsfarben erstrahlen können. Aber wann gibt es schon Abendspiele? Meistens in der Champions League, in der zur Zeit nicht mal die Bayern mitspielen dürfen.

Streng geheime Ortstermine auf der Baustelle: Wie könnte man sonst noch Farbe ins Luftkissen bringen? Vielleicht mit Farbbändern? Mit Klebefolien? Es ist schon eine Tragik, dass solches Schicksal immer genialen Ideen widerfährt. Aber wenigstens im Winter wird es früher dunkel. Auf dem Heimweg wird beim Blick zurück dann deutlich: Jetzt ist auch das Stadion blau. Oder es wird rot.

Grundsteinlegung für die Allianz-Arena, das neue Fußballstadion der Vereine FC Bayern und TSV 1860 München.

Abgesehen von der Beleuchtung lief aber alles wie am Schnürchen. Ein Wald von Kränen an der Autobahnausfahrt im Norden zeugte vom Aufbruch der Fußballhochburg München. Und die einstigen Kontrahenten kamen sich näher und näher. Das Verhältnis zu Karl-Heinz Wildmoser mauserte sich zur Freundschaft, weil der Löwen-Präsident, obwohl selbst rußschwarz, der rotgrünen Stadt stets die Stange hielt, wenn sie wieder einmal überfallartig von den hohen Herrn des FC Bayern angeklagt oder abgewatscht wurde. Er war sowieso die urigste Figur im Spiel, ein barocker Kraftmensch mit prächtigem Schnauzbart, wie ihn kein Lüftlmaler hätte schöner erfinden können, und beim Wahlkampf für den Neubau in Fröttmaning war ihm keine Mühe zu groß, um Stimmen für ein Ja zu sammeln – während sich die Bayern auf allgemeines Zuraten eher zurückhielten, weil ohnehin unterstellt wurde, der Neubau diene nur der Profitgier der Roten.

Bei einem der zahlreichen Treffen der Stadion-Akteure brachte »der Senior« sein Verhandlungsgeschick für die Blauen voll zur Geltung. Scheinbar naiv fragte er mich: »Du, Christian, wenn das Stadion nur den Bayern gehören würde, dürfte die öffentliche Hand doch nicht einsteigen, oder?« Ich bestätigte: »Das stimmt.« Wildmoser weiter: »Aber wenn's für beide Vereine ist, zahlt ihr die Verkehrsanbindung?« »So ist es.« »Siehst, Franz«, sagte der Oberlöwe daraufhin zum Kaiser, »die Verkehrsanbindung, die ist der Beitrag der Löwen zur gemeinsamen Finanzierung.«

Aber auch Franz Beckenbauer, den kritische Geister wegen der Überzahl unbedachter Äußerungen gerne »Firlefranz« nannten, sammelte Sympathiepunkte. Beim festlichen Abendessen für seinen Stellvertreter und kompetenten Stadion-Manager Bernd Rauch erzählte der Franz von der Suche nach einem Stadion-Standort – was haben wir gelacht! Beckenbauer: »Wenn irgendwo eine kleine Wiese war, haben wir gleich gesagt: Da passt doch ein Stadion hin! Kein Acker war vor uns sicher. Und wenn's ganz draußen war, wo keine Bahn hinfährt, bei den Wildschweinen in Poing oder sonst wo. Und dann bin ich auch noch als Sprengmeister dahergekommen!« Ich hätte es nicht schöner sagen können. Dafür räumte ich beim Dessert mit Crème bavaroise ein, dass es in Fröttmaning gar nicht so schwierig war wie von uns Experten angenommen. Kein Raumordnungsverfahren. Bauleitplanung und Baugenehmigung parallel nebeneinander, gleichzeitig die Freimachung! »Wir hatten es uns auch nicht so einfach vorgestellt«, pflichtete der Kaiser bei. Hund samma scho, alle miteinander!

Weißwurstessen vor dem D-Day

Da das Stadion als solches einstweilen keine Schlagzeilen machen konnte, rückte das Eröffnungsspiel in den Vordergrund. Schon der frühere Berliner Regierende Bürgermeister Eberhard Diepgen hatte mich zur Weißglut gereizt mit seiner Forderung, das Spiel in Berlin auszurichten. Nach der erfolgreichen Abwehr dieses dreisten Begehrens wollte Nachfolger Klaus Wowereit wenigstens die Eröffnungsfeier ergattern. Ich schrieb wütende Proteste ans nationale und ans internationale Organisationskomitee und bekam wenigstens die Zusage, dass die offizielle Feier an der Isar und nicht an der Spree stattfindet. Dafür sollte es aber in der Hauptstadt eine millionenschwere Pre-Opening-Party geben, der Bund hat's ja. Langsam befreundete ich mich aber mit der Idee, Ereignis und Eröffnungsfest geografisch zu trennen, wie es Otto Schily für die WM plante: Wenn wir Münchner schon nicht die Frankfurter Buchmesse, die Bayreuther Festspiele und die Kieler Woche ausrichten dürfen, könnten wir doch wenigstens rauschende Eröffnungsfeiern für all diese Events in München organisieren! Für den Rest interessiert sich doch in Wahrheit ohnehin kaum jemand. So lassen sich künftig alle Standortkonkurrenzen zwischen deutschen Städten friedlich beilegen!

Das Bauvorhaben drohte schon in Routine zu ersticken, da meldete sich Ende 2003 die Staatsanwaltschaft an. Top secret. Es gebe da, nur notdürftig über Strohmänner getarnt, Millionenzahlungen von der Baufirma Alpine an die Wildmosers,

Vater und Sohn. Der Vater war Präsident, der Sohn Chef der Fußballabteilung und obendrein der »blaue« Geschäftsführer der Stadiongesellschaft. Wie bitte? Millionen? Ja, die Beträge seien siebenstellig. Und an wen floss das Schmiergeld? An Vater und Sohn. An eine gemeinsame Firma, bei der beide sowohl Gesellschafter als auch Geschäftsführer sind. Albern getarnt, als Beratungsgebühr für ein »China-Projekt«. Keine Zweifel? Nein, alles belegt. Der Strohmann soll ein Spezi des Filius sein. Und hat brav alles weiter überwiesen. Wohlgemerkt siebenstellig.

Ich sah schon alles versinken, vor allem das Schlauchboot im Korruptionssumpf.

Heimlich traf ich mich mit den Staatsanwälten im Justizgebäude. Stundenlange Beratungen: Wie lief das Gutachterverfahren ab? Wer hat wann wem welchen Tipp geben können, der Millionen wert war? Dann die Gewissheit: Es war Korruption. Zugunsten einer Familiendynastie, zulasten des Stadions, zulasten letztlich der Vereine. Und die Stadt, die schließlich die Verkehrsanbindung zahlte, war die Lackierte. Eine Tragödie.

Die Staatsanwaltschaft wollte wohl vorbereitet zuschlagen, in drei Ländern gleichzeitig: Deutschland, Österreich, Schweiz. Das erforderte komplizierte Verfahren. Der Tag des Zugriffs, der Tag der Tage, der D-Day sollte am 9. März sein. Bis dahin hieß es, strengste Vertraulichkeit zu wahren.

Allerdings ging das Münchner Leben weiter, und Anfang 2004 drehte es sich vor allem um die Weißwurst. Ein Münchner Wahrzeichen, fast so wichtig wie das Stadion. Ruchlose Metzger aus Niederbayern und Mittelfranken wollten ihre Albino-Wurstwaren doch tatsächlich als »Münchner Weißwurst« auf den Markt werfen, und dagegen wehrte sich die Münchner Innung voller Inbrunst. Schnell war eine Münchner Initiative voller lokalpolitischer Heißblütigkeit gebildet, die vor dem Patentamt den Schutz der werbewirksamen Herkunftsbezeichnung »Münchner« begehrte, die doch im Zusammenhang mit der Weißwurst für eine bestimmte Rezeptur stand, die ich schnell auswendig lernen musste. Sie klingt so grauenhaft, dass man nach der Lektüre nie mehr eine Weißwurst essen will. Selbstverständlich stellte ich mich sofort in den Dienst dieser wahrhaft patriotischen Rettungsbewegung zur Wahrung von Ruf und Ehre der heimischen Weißwurst, die genauso geschützt werden sollte wie die »Spreewälder Gurke« oder der »Allgäuer Bergkäse«. Endlich mal ein kulinarisches Thema, weitab von den Niederungen der Fußballwelt. Das Dumme war nur, dass bei jeder Zusammenkunft der Weißwurst-Schützengilde Karl-Heinz Wildmoser senior mit von der Partie war, der Hühnerbrater von der Wiesn und Wirt des Gasthauses Donisl, der eben auch noch Präsident der Löwen war. Wir haben zusammen vor laufender Kamera Weißwürste gedreht, in Kessel geworfen oder wieder herausgezogen und dann festlich serviert, bis sie allen Reportern zu den Ohren herausquollen – doch ich durfte kein Sterbenswörtchen über die finsteren Einschätzungen der Staatsanwälte sagen. Und natürlich sagte ich auch kein einziges Wort. Das sollte mir sehr bald bei Wildmoser-Getreuen den Ruf eines windigen Freundes einbringen, denn in Bayern erwartet man von einem richtigen Freund, dass er ein Spezi ist, und ein Spezi hilft immer, vor allem gegen die Staatsanwaltschaft. Das wäre richtige Brauchtumspflege gewesen, nicht die läppische Weißwurst!

Unschuldiges München

Am 9. März war der D-Day. Die Strafverfolger schlugen an allen Orten gleichzeitig zu. Schon am Vormittag kamen die ersten Reporter: Ob jetzt der Neubau platzt? Ob die WM noch in München beginnen kann? Am Nachmittag gab ich meine wohlpräparierte Pressekonferenz: Ja, ich wusste Bescheid. Der Neubau ist nicht tangiert. Die WM beginnt in München. Der Verein wusste von nichts. Konnte auch nichts wissen. Aber die Schmiergeldsummen sind erschütternd. Trotz Unschuldsvermutung: Die Zahlungen sind nicht zu entschuldigen …

Die österreichische Baufirma verblüffte allerdings mit ihrer Geschichte von der unbefleckten Empfängnis: Sie habe nie eine Gegenleistung erwartet für ihre Millionen, habe nur eine »arrangement fee« gezahlt aus Dankbarkeit für den Tipp, dass in München ein Stadion gebaut werden solle. (Warum nur war ich nie auf die Idee gekommen, dieses streng gehütete Geheimnis für eine kleine Aufmerksamkeit auszuplaudern?) Und der Junior hat den Zahlungseingang gar nicht bemerkt, sodass er ihn auch gar nicht bewusst ignorieren musste. Die Allmacht des Geldes, die ansonsten womöglich die Welt regiert, versickerte in München unbemerkt in der Schotterebene wie Wasser im Wüstensand. Was für eine unschuldige Stadt!

Weil ich Aufsichtsrat von 1860 war, fügte ich bei meiner Pressekonferenz noch hinzu: Die Familiendynastie ist gescheitert, der Verein braucht einen Neuanfang. Meine Mitgliedschaft im Aufsichtsrat war ein Thema für sich. Wo immer ich mit diesem Amt renommierte, kam irgendein Gesprächspartner darauf zu sprechen, dass im alten Rom sogar einmal ein Pferd zum Konsul ernannt worden war. Irgendwie gestand man mir keinen besonderen Fußballverstand zu, obwohl ich jederzeit aus dem Stegreif erklären konnte, was »abseits« ist. Und jetzt das: Ich forderte einen Neuanfang bei »Sechzig«. Die Anhänger des Präsidenten, die brav seinen Neubaukurs unterstützt hatten und ihm auch in der Stunde der Not die Treue hielten, erklärten mich zum Verräter, den er in der Pfeife rauchen solle, der Senior. Aber die verrückten Löwenfans, die doch tatsächlich an eine Rückkehr ins Stadion an der Grünwalder Straße glaubten und Wildmoser senior für das größte Hindernis auf diesem Weg in die Heimat aller Sehnsüchte hielten, applaudierten mir, dass mir schlecht wurde. Beifall ausgerechnet von diesen Phantasten …

Happy End: Das neue Stadion

Nach wenigen Tagen des bundesweiten Medienrummels um die Korruptionsarena wurde der Senior wieder entlassen. Offensichtlich unschuldig und voller Zorn auf die Strafverfolger und mich. Für alle Aktivitäten war wohl der Filius allein verantwortlich. Das war schlimm genug für Sechzig und seine neue Vereinsführung, für die der Senior zum Glück Platz gemacht hatte. Aber inzwischen drohte weiteres Ungemach: Der Abstieg. Und gleichzeitig war so gut wie sicher, dass Bayern nicht Meister werden würde. Wie es einige Skeptiker düster an die Wand gemalt hatten …

Am 22. Mai war – nach einem verschossenen Elfmeter – das Schicksal der Löwen besiegelt: Abwärts bitte. Alle Rettungsaktionen waren vergeblich. Das Schicksal hieß Zweite Liga. Aber echte Löwenfans ließen sich dadurch nicht verdrießen, sie entdeckten auch im Untergang Verheißungsvolles: Als Zweitligist könnte Sechzig das riesengroße Olympiastadion niemals füllen, also zurück an die Grünwalderstraße! Dorthin, wo einst Radi Radenkovic der König war!

Aus dem Ruf der Fans wurde bald ein Aufschrei der Volksseele, entfacht und verstärkt von den Boulevardzeitungen: Zurück in die Löwenarena! Da gab es endlose Probleme, stellte die Runde der städtischen Referenten fest, aber keinen wirklich zwingenden Hinderungsgrund. 1860 schaffte die Hürden mit viel Geld beiseite – und die Polizei sagte ebenso ja wie die Bundesliga. Eine Stadt im

Nostalgie-Rausch: Sechzig kehrt zurück an die Stätte seiner Triumphe, Giesing feiert, jubelt, triumphiert. Die Grünwalder Straße ein blaues Meer, voller blauer Trikots, Fahnen und Schals. München im Fußballglück. Die Landeshauptstadt erlebt ihr blaues Wunder.

Hatte ich nicht schon vor knapp einem Jahrzehnt gesagt: Das einzige wirkliche Stadion-Problem in München ist der Wunsch der Löwen, nach Giesing zurückzukehren? Da tanzt der Bär, da geht die Post ab.

Warum nur haben das Baureferat und das Sportamt jahrelang erzählt, dass eine Rückkehr nach Giesing völlig ausgeschlossen sei? Na ja, Sechzig hat die zahlreichen Reparaturen selber zahlen müssen, und die Ausnahmegenehmigung der Liga gilt

Löwentraum

nur für ein Jahr, bis Fröttmaning fertig ist. Weil ein Spiel mit 300 Zuschauern gegen den FC Burghausen im Oly doch ziemlich trostlos ausschaut. Aber wie ist das dann ein Jahr später im Schlauchboot? Fragen über Fragen. Reden wir nicht drüber. Schwelgen wir einfach im Fußballglück. Sechzig in Giesing. Wahnsinn.

Und sonst? Na ja. In Fröttmaning ist bald das Schlauchboot fertig. Und im Olympiapark steht bald ein Stadion leer, das mal recht berühmt gewesen sein soll.

Münchner Olympiastadion ca. 2007 n. Chr. (architektonisches Weltkulturerbe)

MEINE KLEINE WELT

Lovely figures turning around

Es gibt weltläufige Gelehrte, hanseatische Publizisten und namhafte Bundespolitiker, die gelegentlich die interessante Auffassung vertreten, man solle im Münchner Rathaus keinesfalls glauben, der Nabel der Welt zu sein. Das gibt schon zu denken.

Andererseits können so viele Japaner nicht irren. Täglich bevölkern sie gleich mehrmals den Marienplatz, schlängeln sich ein paar Meter an übergewichtigen Amerikanern vorbei und genießen dann den freien Blick auf die figurenreiche Fassade und den Turm, ergriffen wie Pilger, die nach entbehrungsreichen Fußmärschen endlich die Wallfahrtsstätte erreichten, aufgeregt neugierig wie eine Kindergartengruppe beim ersten Ausflug, voyeuristisch gespannt, als gäbe es gleich die nächste Mannschaftsaufstellung des FC Bayern oder Rudi Moshammer ohne Perücke zu sehen. Dann setzt sich das Glockenspiel in Bewegung – und die Massen staunen mit offenem Mund, rufen vieltausendfach »Aaah«, wenn ein Ritter auf seinem Pferd vorbeikommt, stoßen ein kollektives schaurig-lustvolles »Oooh« aus, wenn der andere Ritter mit der Lanze aus dem Sattel gekippt wird. Opernregisseure brauchen Millionenetats, neuerdings sogar elektronische Untertitel und vielfältige Lasereffekte, um ihr Publikum bei der Stange zu halten – dem Glockenspiel reicht ein kippbarer Holzritter, um die Begeisterung der Massen in alle Familienalben des Fernen Ostens zu tragen.

Obwohl dieses Spiel erkennbar vor allem das kindliche Gemüt anspricht, habe ich mir schon als Dreikäsehoch nichts daraus gemacht. Trotzdem hat es mich immer verfolgt. Ende der 80er Jahre durfte ich mir auf Einladung des State Department die Stationen einer USA-Reise selber aussuchen. Beeindruckt vom Grand Louvre in Paris und von der Bank of China in Hongkong wollte ich Ieoh Ming Pei in New York kennen lernen, diesen »Mandarin der Moderne«. In seinem winzigen, nach allen Seiten mit weißen Papierwänden abgeschirmten Arbeitsraum inmitten des mehrstöckigen Hochhausbüros wollte ich ihn gewinnen, sich an Wettbewerben in München zu beteiligen. »I do no competition« war die karge Antwort des Weltstars. Wie war das dann beim Louvre? »The president called me«. Wenn schon kein Werk für München zu gewinnen war, wollte ich wenigstens ein Urteil heimbringen: was er an Münchner Architektur kennt und schätzt? Er lächelte versonnen – ich lege die Hand dafür ins Feuer, dass es versonnen war und nicht mitleidig – und zeichnete mit dem rechten Zeigefinger kleine Kreise in die Luft: »I like the tower of your city hall with the lovely figures turning around!« Da wußte ich: Es gibt kein Entrinnen in die Ferne oder in die Moderne, die Neugotik

»Aaah« und »Oooh«, wenn der Ritter kippt

vom Marienplatz würde mich mit ihrem Glockenspiel immer wieder einholen.

Mein Arbeitsplatz wurde das Neue Rathaus erstmals Ende der 60er Jahre. Damals durfte ich als SZ-Lokalreporter von der Pressebank im kleinen Sitzungssaal aus bewundern, wie sich auf dem Wandgemälde die Monachia als Verkörperung Münchens vor Ludwig dem Ersten verneigt (so hätten es Bayerns Regenten gerne) – und im Übrigen miterleben, wie »der Doktor Vogel« als OB eigentlich schalten und walten konnte, wie er wollte – was einerseits meine in vollem Einklang mit dem Zeitgeist stehende antiautoritäre Abscheu provozierte, andererseits aber meinen Entschluss bekräftigte, dieses schrecklich machtvolle Amt, wenn man es schon nicht abschaffen könnte, wenigstens dereinst selber auszuüben.

Im großen Sitzungssaal wurde mir 1968, als ich von der Pressebank aus die Gründung des bayerischen Elternverbandes verfolgte, eine schulpolitisch ambitionierte Mama vorgestellt, die hinterher einer gemeinsamen Freundin sagte, sie hätte niemals gedacht, dass ein Mann, der so kluge Artikel schreibe, derart bescheuert aussehen könne. Ich führe diesen unvorteilhaften ersten Eindruck heute noch auf das etwas unglückliche Ambiente des Neuen Rathauses zurück, denn ein paar Jahre später habe ich die in ihrem Urteil so vorschnelle Elternbeirätin im günstigen Schummerlicht eines Schwabinger Faschingsfestes nochmals getroffen – und zehn Jahre später haben wir geheiratet.

So viele Japaner können nicht irren

Seit 1990 ist der Sitzungssaal mit dem überdimensionierten, aber vertrauten Gobelin und seinen ausgebleichten Farben einer meiner Arbeitsräume. Immer wieder mittwochs kommt die Vollversammlung. Die wichtigsten Abstimmungen finden mit den Füßen statt. Ist die Kontroverse reichlich spannend, bleibt das Haus gut gefüllt. Nervt der Redner, entleert sich der Saal – und die Mitglieder des Stadtrats versammeln sich nebenan, im Weißwurstzimmer, wo auch Gulaschsuppe gereicht wird. Vor allem die Redebeiträge kleiner Gruppierungen steigern den Küchenumsatz. Aber niemand konnte es Bernhard Fricke von »David contra Goliath« gleichtun, der mit Predigten über den misslichen Zustand der Schöpfung knapp 80 Ratsmitglieder ins Weißwurstzimmer zu treiben vermochte. Dass er nicht wiedergewählt wurde, war ein Schlag in den Weißwurstkessel.

Noch vor den Sitzungssälen lernt der Gast die dunklen Gewölbe des Treppenhauses kennen. Nicht nur transatlantische »Europe-in-five-days«-Touristen vermuten hier, sich in eine Kathedrale verirrt zu haben – mir ist auch schon ein norddeutscher Studienrat mit alter Baedeker-Ausgabe unter dem Arm begegnet, der seine Frau anherrschte, hier irgendwo müsse der Altar mit dem berühmten Chorgestühl sein. Richtig finster wurde es zwischen den Säulenreihen und unter den Spitzbögen, als scharenweise ältere Herrschaften, in Loden gekleidet, herumtappten und fragten, wo man hier »gegen Ausländer unterschreiben« könne. Das war, nachdem Edmund Stoiber neben der Mariensäule zur Unterschrift gegen das neue Staatsbürgerschaftsrecht aufgerufen hatte.

Wie kann solches Gemäuer einem dann doch Heimatgefühle entlocken? Das liegt nicht an den Wendeltreppen, Giebeltürmen und Fassadenheiligen, die übrigens überhaupt nicht von Bürgerstolz zeugen, sondern ganz untertänig den Ruhm der Wittelsbacher Herzöge, Kurfürsten und Könige mehren sollen – es liegt an den Leuten, mit denen man hier zusammenarbeiten kann – dem stressresistenten Sekretariat, das selbst unter widrigsten Umständen freundliche Atmosphäre verbreitet, dem effizienten Mitarbeiterstab, der seit einigen Jahren ausnahmslos konstruktiven Referentenrunden und der sozialdemokratischen Fraktion, die seit den Wahlen im Frühjahr mit Recht wieder die starkste ist.

In diesem Haus habe ich auch recht spektakuläre Bekanntschaften gemacht – etwa mit der Königin von Norwegen, mit dem Kaiser und der Kaiserin von Japan und sogar mit Michael Jackson, der wesentlich mehr protokollarischen Aufwand treiben ließ als die schlichten Monarchen. Derart hochgestellte Persönlichkeiten führe ich, bevor sie das Volk vom Balkon unter dem Glockenspiel aus grüßen, zunächst ins Hauberrisser-Zimmer, benannt nach dem Architekten des neugotischen Komplexes: ein Versuch, auf kleinstem Raum mit größten Anstrengungen den Rittersaal eines mittelalterlichen Schlosses vorzutäuschen. Eigentlich passen hier nur Herzöge und Rittersleute herein, die Met aus Zinnkrügen trinken, doch den zeitgenössischen

Gästen gefällts. »Sie haben aber ein schönes Rathaus!«, sagen sie dann, und bei solchen Komplimenten fühle ich mich genauso gut verstanden, wie wenn ich, ein Löwenfan, als Stadtoberhaupt Glückwünsche entgegennehmen muss, weil der FC Bayern schon wieder einmal einen Titel eingeheimst hat.

Nach dem Hauberrisser-Zimmer kommen meine Amtsräume. Vom Vorzimmer aus hat man einen herrlichen Blick auf den Donisl, wo vor einigen Jahren – das war aber noch vor Wildmoser – von den Kellnern mit K.o.-Tropfen die bayerische Variante wahrer Erlebnisgastronomie entwickelt wurde. Vom Marienplatz dringen Laute urbaner Vielfalt und rustikaler Einfalt herauf. Vor Bundesligaspielen und nach der Entlassung frisch ausgebildeter Bundeswehrsoldaten sollte man die Schallschutzfenster schließen. Im Dezember verbietet es sich von selbst, sie jemals zu öffnen: Einmal lüften, und es stinkt im Amtszimmer, als hätte man die letzten Wochen dort mit einer Handvoll Pennern und viel fiesem Fusel verbracht. Doch der Christkindlmarkt macht sich nicht nur mit Glühweinschwaden, sondern auch akustisch bemerkbar. Früher gab ich mich noch der trügerischen Hoffnung hin, irgendwann würde Gabi Weishäupl keine alpenländischen Musikgruppen mehr ausfindig machen können, doch inzwischen weiß ich, dass sich irgendwo in tiefen Tälern immer wieder Musiker entdecken lassen, die unserer adventlichen Andacht die notwendige Lautstärke verleihen.

Mein Amtszimmer besticht nicht nur mit einer kleinen Kunstausstellung von Gabriele Münter über Ruprecht Geiger bis zu Herbert Achternbusch und Beate Passow, sondern auch mit besonders preiswerten Kaufhaus-Leuchtkugeln, die von der Läuterung der Stadtspitze in Beleuchtungsfragen zeugen: Der unglückliche Erich Kiesl, der einzige schwarze Rathaus-Regent der Nachkriegszeit, hatte sich die Chefetage aufwändig aufmöbeln lassen und dabei vom Stadtbaurat einen »Kronleuchter« verpasst bekommen, dessen unfassbar hoher Preis zum Synonym für kostspielige Prachtentfaltung wurde. Von der nicht enden wollenden Kritik genervt, verbannte Kiesl das Prachtstück ins Depot – wo es später von der neuen Fraktion der Grünen entdeckt wurde, die sich seitdem unbemerkt und unbeschädigt vom skandalumwitterten, einst schlagzeilenträchtigen Kronleuchter ins rechte Licht tauchen lässt.

Nur im OB-Zimmer ist seit der Kronleuchter-Affäre spartanische Licht-Kargheit angesagt. Aber wenn die Bescheidenheit überhand zu nehmen droht, werfe ich, meist kurz vor elf Uhr, einen Blick auf die sich sammelnden Massen: so viele Japaner können nicht irren …

DEM WELTGEIST AUF DER SPUR

Architekten-Wettbewerbe

Um es kurz zu machen: Die Aufgabenstellung ist schon wegen der sensiblen städtebaulichen Situation mit all ihren historischen Themen und ihren stadträumlichen Bezügen, die stets mitreflektiert werden müssen, so komplex, dass es sich von selbst verbietet, einfach einen Architekten zu beauftragen, einige passende Gebäude einzufügen. Das wäre eine Gräueltat, zumindest aber an der so prominenten, stadträumlich bedeutsamen Stelle eine vertane Chance. Am Ende würde da einfach ein Klotz hingestellt, plump und beziehungslos, vielleicht auch noch mitten in der Altstadt mit leuchtendem Dach, weil der Investor auffallen will. Nicht auszudenken. Also wird einmütig beschlossen, dass ein städtebaulicher Ideenwettbewerb durchgeführt werden muss.

Obwohl fast alle Neubauten, die uns in den vergangenen Jahrzehnten das Fürchten gelehrt haben, aus Wettbewerben hervorgegangen sind, ist der Glaube der Fachwelt unerschütterlich, dass sich in Wettbewerben stets der architektonische Weltgeist aufs Neue offenbart, während ohne Wettbewerb bloß Stümperei stattfinden kann.

 Architektenschaft, Männer mit Cordhosen und Damen mit Art-Deco-Schmuck, fast alle mit Professorentitel und untereinander per Du, und hier, säuberlich getrennt wie Buben und Mädchen bei der ersten Tanzstunde, die Sachpreisrichter, das Proletariat aus den Niederungen der Kommunalpolitik, schlichte Gemüter, die zu einem Baum einfach Baum sagen statt Grünausstattung oder die nach dem Radlweg fragen statt nach dem Durchwegungs- und Erschließungskonzept für den nichtmotorisierten Verkehr. Einfach peinlich!

Erfahrene Preisrichter wissen jetzt schon, Dank der unterschiedlich aufwändigen Modelle und der verschiedenen Handschriften bei den Skizzen, hinter welchen Kennziffern sich örtliche Stammhirschen, internationale Kapazitäten oder spektakuläre Avantgardisten verbergen. Ansonsten wird die Anonymität strengstens gewahrt, allenfalls mal ein Geraune hinter vorgehaltener Hand: »Haben Sie Miller und Partner erkannt?«

»Die Nummer 158, ja. Interessante Arbeit.«

»Ach was. Unmögliche Grundrisse. Das hat er seine jungen Leute machen lassen.«

»Aber immerhin: Miller und Partner!«

»Naja, in die engere Wahl sollten wir ihn vielleicht lassen.«

Zu Beginn der Sitzung erzählt der Vorsitzende, wie sehr er sich freut, einige Kollegen wieder zu sehen, die letzte Woche in Berlin und letzten Monat in Stuttgart auch bei einem Preisgericht mit ihm beisammen waren. Erstaunlich, wie weniger Persönlichkeiten sich der architektonische Weltgeist bedient, um sich zu offenbaren. Freilich wäre es verfehlt, einfach anzunehmen, dass in den Preisgerichten immer dieselben säßen. Schließlich muss man manchmal draußen bleiben, um selber eine Arbeit einreichen zu können.

Ich will hier übrigens überhaupt nichts andeuten und schon gar nicht unterstellen. Ich staune einfach nur, wie oft aus Preisrichtern bei nächster Gelegenheit Preisträger werden – und umgekehrt. Das schafft eine Atmosphäre kollegialen Wohlwollens, die man sonst weniger mitbekommt, wenn Architekten über Werke abwesender Kollegen ihre Hochachtung ausschütten.

Sodann erzählt der Vorsitzende, welche Gedanken ihn bei seinen letzten Bauten beflügelt haben und wie viele von ihm geleitete Preisgerichte bereits Architekturgeschichte geschrieben haben. Dies nur zur Klarstellung der Hackordnung. Man fragt sich, wie die alten Griechen und Römer ohne ihn ausgekommen sind. Allerdings hat sich die Akropolis ja auch nicht gerade toll gehalten und das Kolosseum ist stilistisch doch recht fragwürdig.

Da die Einführung ein wenig lang, wenn auch autobiografisch geradezu perfekt geraten ist, wendet man sich als nächstes der Kaffeepause zu, die der Auslober einen namhaften Caterer ausrichten ließ, denn 267 Arbeiten fordern ein ausgeruhtes Urteilsvermögen. Den pragmatischen Vorschlag eines Jungstadtrats, die offensichtlich bescheuertsten Entwürfe schon im ersten Durchgang auszusondern, weist die Phalanx der Architekten zurück: Im ersten Durchgang rauszufliegen gilt als blamabel, sodass es sich verbietet, dies einem Kollegen anzutun, weshalb man eigentlich gleich mit dem zweiten Durchgang beginnen sollte, was aber schon rechnerisch nicht möglich ist. So bleibt es unerbittlich bei 267 Arbeiten, die näher analysiert und bewertet werden wollen, weil sie den ersten Durchgang überstanden haben.

Der erste Entwurf hat ein historisierendes Gaubendach, was Frau Professor Schmidt-Wirrlemann den Ausruf »Also nein wirklich ich weiß nicht« entlockt, der zweite einen waldähnlich begrünten Innenhof, was wenigstens den beratenden Gutachter vom Naturschutz entzückt, der dritte die transparente Außenfassade aus transluzidem Material, was der Stararchitekt aus Berlin als modischen Habitus rügt, während Frau Schmidt-Wirrlemann meint, es komme bei der Luzidität ganz entscheidend auf die Materialität an, der vierte besteht aus recht plumpen Würfeln, was die Stadtratsmitglieder zu der ungehörigen Bemerkung veranlasst, der Entwurfsverfasser habe wohl seinem Kleinen das Holzspielzeug geklaut, der fünfte besticht auf der computeranimierten Skizze vor allem durch die langbeinigen Mädchen im Dachterrassencafé, der sechste präsentiert eine Fotomontage, bei der freilich nur der schon vorhandene bauliche Bestand überzeugt, der siebte ruft glucksendes Lachen hervor, weil er ein Schloss Neuschwanstein in die Baulücke presst, der achte bietet Wohnungsbau in Maisonette-Türmen, die den Vertreter des Bauträgers (»Wir verkaufen nicht Quadratmeter, sondern Life Style«) sofort faszinieren, beim neunten bemängelt der Korinthenkacker vom ADAC, dass die Tiefgarage keine Einfahrt habe, sodass man die Fahrzeuge erst schreddern und dann durchs Kellerfenster reichen müsse – was der Vorsitzende wiederum mit der Rüge quittiert, wir sollten hier nicht nach Bonmots, sondern nach städtebaulichen Lösungen suchen, für die gerade dieser Entwurfsverfasser wertvolle Hinweise gebe; Petitessen könne man dann bei der Überarbeitung klären. Der zehnte Entwurf ist reichlich wirr und schwer lesbar, veranlasst aber Frau Professor Schmidt-Wirrlemann zu dem Seufzer: »Er hat was. Ich weiß aber nicht was. Das gibt ihm ein Geheimnis. Eine unheimlich starke Arbeit, finde ich.«

Der elfte Entwurf schlägt allen Ernstes eine reine Glasfassade vor, auf die er dann aber ein Ziegeldach setzt. Die Vertreterin des Bezirksausschusses, die von Beruf Hausfrau ist und sich schon aus diesem Grund besser nicht gemeldet hätte, meint, dass die reine Glasfassade nicht in die Umgebung passt. Da fährt ihr aber der Stararchitekt aus Berlin gehörig in die Parade und verkündet, dass er sich das in der Altstadt sehr gut vorstellen könne. Mit Ziegeldach?

Warum nicht?, kontert er, das ist doch der einzige Bezug zur Umgebung, eine Hommage an die vorhandene Dachlandschaft. So bleibt das Glashaus im Rennen. Glashäuser bleiben nämlich grundsätzlich im Rennen. Für Büros gibt es nichts besseres als reine Glasfassaden. Das steht für Transparenz und Kundenorientierung. Eine Forschungsgesellschaft am Altstadtring arbeitet nur hinter Glas. Die Sekretärinnen sitzen vom Scheitel bis zur Sohle »in der Auslage« wie die Nutten in den Amsterdamer Walletjes. Selbst leitende Angestellte müssen eigens auf die Toilette, wenn sie mal in der Nase bohren wollen. Für Wohnungen sind Glasfassaden noch besser: ein Garant für Helligkeit und Licht. Vom Tag des Einzugs an versuchen die Bewohner verzweifelt, mit Vorhängen, Gardinen, Gummibäumen und Zimmerpalmen, ein winziges Stück Intimsphäre zurückzuerobern …

Beim zwölften Entwurf stelle ich fest, dass ich mehr als ein Dutzend Arbeiten im Gedächtnis auf keinen Fall auseinanderhalten kann, und beschließe, die nächsten 255 Entwürfe einfach an mir vorbeirauschen zu lassen, um fit zu bleiben für die engere Auswahl.

Nur einzelne Geniestreiche ragen heraus: beispielsweise die Kennziffer 109, die mitten in die Altstadt einige Hexenhäuschen hineinstellen will, umgeben von Wiesen und Sträuchern, oder die spektakuläre Nummer 187, die im Modell mit einem kreisrunden Rasierspiegel ein größeres Gewässer über der U-Bahn-Station andeutet und mit einer Kugel aus geknülltem Silberpapier ein Hightech-Multiplex-Kino mit mehreren 180-Grad-Leinwänden präsentiert.

Ein Stadtratsmitglied äußert unbedacht, dass die Hexenhäuschen wie Hexenhäuschen aussehen, was den Inhaber eines auswärtigen Lehrstuhls für Entwerfen auf den Plan ruft: Es tue ihm sehr leid, wenn einige der Sachpreisrichter – aus dem Munde eines Fachpreisrichters klingt dieses Wort wie »Vollidiot« – die Ironie nicht erkennen können, mit der dieser Entwurfsverfasser sich mit der Örtlichkeit auseinandersetzt, indem er mitten im Herzen der Stadt eine typische Stadtrandbebauung vorschlägt, gewissermaßen eine Brücke schlägt zwischen ganz innen und ganz außen, aber nur phänotypisch. Damit werde unsere Standorthierarchie einmal kritisch hinterfragt und der urbane Spannungsbogen wie in einem Brennglas verdeutlicht. Frau Professor Schmidt-Wirrlemann schaut fast ein wenig beleidigt, dass ihr das nicht eingefallen ist, da blickt der Bauträger von seinem Taschenrechner auf und sagt, der Entwurf rechne sich nicht. Der Berliner Stararchitekt fügt zum Glück noch hinzu, er könne sich den fraglos sehr pfiffigen Entwurf an dieser Stelle doch nicht vorstellen. Das reicht für ein technisches K.o.

Der Kampf mit der Silberpapierkugel ist zäher. Weil wieder einmal ein vorlauter Stadtrat nicht an sich halten kann und drauflosplappern muss, dass das Gewässer die ganze U-Bahn überschwemmen würde und ein futuristisches Kino überhaupt nicht verlangt ist, holen die vereinigten Fachpreisrichter zu einer pädagogischen Zuchtigung aus: Erstens dürfe man sich durchs Programm nicht einengen lassen, zweitens stünden die technischen Fragen auf einem ganz anderen Blatt, jetzt gehe es nur darum, städtebauliche Ansätze zu bewerten, und für diese Arbeit spreche doch schon, dass sie als einzige eine Lösung dieses Typs anbiete. Leider sagt der Berliner Stararchitekt dann auch noch, dass er sich das an dieser Stelle schon vorstellen könne. Damit ist klar, dass wir uns morgen noch mal mit der Silberpapierkugel befassen müssen. Einige Stadträte sind entrüstet, aber ich tröste sie damit, dass wir immerhin die Hexenhäuschen abgemurkst hätten und dass die Silberpapierkugel vermutlich nur ein Ankauf werde, einer jener Trostpreise, mit denen Preisgerichte ihre avantgardistische Offenheit beweisen können, ohne eine ernste Gefahr der Realisierung heraufzubeschwören. So kommt es dann auch.

Am nächsten Morgen bemängelt ausgerechnet der Vorsitzende eine gewisse Saumseligkeit des Gremiums, weil noch 248 Entwürfe zu bewerten sind. Immerhin versetzt es das Preisgericht in die Angst vor einem dritten Tag und damit in einen unvermuteten Blutrausch: Das Gaubendach mit Ziffer 1 wird trotz der Befürwortung durch die Denkmalschützer geschlachtet, der bewaldete Innenhof fliegt hinterher, sogar die transluzide Außenfassade, ebenso die Tiefgarage ohne Zufahrt. Ausgerechnet die Holzklötzchen, die nach Meinung unkundiger und unwürdiger Sachpreisrichter den lieben Kleinen entwendet worden sein müssen, finden aber heiße Befürworter: »Sie haben eine Haltung«, sagt der Lehrstuhlinhaber, »diese Geste, dieses Selbstbewusstsein ist schon sehr beeindruckend«. »Ja«, sagt der Berliner Stararchitekt, »ich kann sie mir an dieser Stelle vorstellen.« »Ja«, pflichtet Frau Professor Schmidt-Wirrlemann bei, »die Arbeit hat was.«

Selbst bei Neuschwanstein gibt es Zank. »Wir wissen natürlich, von wem der Entwurf sein muss«, sagt der Vorsitzende, »und da wissen wir auch, dass es keine postmoderne Kulissenschieberei ist, sondern ganz im Gegenteil eine Auseinandersetzung mit der Postmoderne.« »Mit diesem Anspruch«, sagt der Berliner Stararchitekt, »kann man das nur an dieser Stelle machen. Aber hier kann ich es mir vorstellen.« Einige Stadträte wirken verstört, aber ich kann sie wieder trösten: Das Ungetüm mit Dutzenden Türmchen und Erkerchen werde sicher keinen Preis bekommen, es reiche für den Frieden in der Zunft, wenn der gar nicht unbekannte Meister in die engere Wahl komme. So kommt es dann auch.

Bei Kennziffer 219 bricht plötzlich eine neue Frontstellung auf: »Entschuldigung«, sagt die Vertreterin des Stadtviertelparlaments, die mit beratender Stimme auf örtliche Besonderheiten hinweisen soll, »Entschuldigen Sie, ich bin ja keine Architektin: Aber wo sollen da eigentlich die Kinder spielen?« Der Vorsitzende rollt vorwurfsvoll mit den Augen, der Stararchitekt aus Berlin stöhnt, dass er eigens aus der Hauptstadt herbeigeflogen sei, um sich so was anhören zu müssen. Man kommt schließlich um des Konsenses willen überein, bei der Bewertung des Freiflächenkonzepts tatsächlich auch zu prüfen, wo die Kinder spielen sollen.

Finale gegen Mitternacht: Die Holzklötzchen liegen in Führung. Die Fenster sehen aus wie Schießscharten, aber das kann ja noch überarbeitet werden. Diskutiert wird immerhin über das Glasdach, das von innen beleuchtet werden soll. In der Altstadt. »Das erscheint schon problematisch«, meint der Vertreter des Denkmalschutzes, ohne richtig anecken zu wollen. Sein Gaubendach ist ja schon rausgeflogen, der Rest ist ihm gleich. Der Stararchitekt aus Berlin sagt, dass er sich das schon vorstellen kann, ein leuchtendes Dach in der Altstadt. Genau genommen sogar nur in der Altstadt, weil andernorts der Anspruch, der in dieser Auffälligkeit, ja geradezu Festlichkeit steckt, nicht durch die Standorthierarchie gedeckt wäre.

Irgendjemand murmelt dann noch »München leuchtet«, und der erste Preis ist vergeben.

Wer mit der Endentscheidung nicht übereinstimmt, ist wenigstens müde. »Wahnsinn«, sagt ein örtlicher Fachpreisrichter, »wie viele Arbeiten wir heute erledigt haben. Das war rekordverdächtig.«

Nur der Vertreter des Naturschutzes mault nach: »Aber wir hätten doch den bewaldeten Innenhof nehmen sollen.«

DIE SCHULE IM TAL DES TODES

Eine Medienbegegnung der anderen Art

Die Frau war nicht bösartig, eher ratlos und verzweifelt. Sie war mir bis zum Wagen nachgelaufen, hielt dann die geöffnete Wagentür fest und fragte mich mit weit aufgerissenen Augen und in etwas weinerlichem Ton: »Warum vergiften Sie Kinder?«

Eine gute Frage. Ich weiß nämlich selber nicht, warum ich Kinder vergifte. Schlimmer noch: Ich war damals schon und bin heute immer noch der festen Überzeugung, es noch nie in meinem Leben getan zu haben. Aber mit dieser Einschätzung stand ich auf verlorenem Posten. Schließlich haben die Leute Zeitung gelesen. Und bei dieser Dame spürte ich sofort, dass es nur eine bestimmte Zeitung gewesen sein konnte. Da wäre jedes Leugnen zwecklos gewesen. Ja, ein Beteuern meiner Unschuld hätte die Dame womöglich erst richtig in Rage versetzt, ihre stille Verzweiflung in laute Empörung verwandelt, einen kleinen Tumult provoziert. Solche Lügereien der Verantwortlichen kennt man doch, kann man nicht mehr hören, will man nicht mehr hören: Es gebe keinen Grund zur Panik, man brauche sich keine Sorgen zu machen. Lächerlich! Empörend! Eine Verhöhnung vergifteter Kinder! Verantwortliche bestreiten selbst Katastrophen, die schon in der Zeitung standen, verharmlosen Altlasten, reden Giftgruben schön, selbst Tote kehren sie unter den Teppich …

Also versuchte ich es erst gar nicht. Ich schaute nur zerknirscht, was meine Stimmung authentisch wiedergab und die Dame zumindest ein wenig besänftigte, und stellte ratlos die Gegenfrage: »Ja, warum mache ich das?« Jetzt hatten wir neben der Zerknirschung auch noch die Ratlosigkeit gemeinsam. Das stimmte sie versöhnlich und sie ließ die Autotür los. Der Wagen konnte endlich losfahren. Leichen pflasterten meinen Weg.

Dabei hätte das Jahr eigentlich friedlich und fröhlich zu Ende gehen können. Die Altstadt war weihnachtlich dekoriert, am Marienplatz roch es wie stets im Advent nach Brühpolnischer und Glühwein. Eine friedliche Idylle. Doch dann machte die »Abendzeitung« kurz vor dem Fest ihre grausige Entdeckung. In München gab es ein Tal des Todes! Nicht abseits gelegen wie die letzten Ruhestätten der Pharaonen, sondern mitten im belebten Stadtteil Bogenhausen. Dort spielten sterbende Kinder neben toten Lehrern auf einem Krater voller Gift.

Wie üblich bei Verantwortlichen wusste ich zunächst natürlich von nichts. Aber das sollte sich ändern, als ich am 17. Dezember schnell zum Alten Rathaus hinüberlief. Denn in der Arkade des Kaufhauses am Rathauseck sprang mir schon die Schlagzeile des nächsten Tages entgegen: »Boden vergiftet: Krebs-Serie an Münchner Schule«. Und darunter, auch noch in großer Schrift: »Schon drei Tote, aber die Stadt unternimmt nichts.« Sofort kaufte ich mir das Blatt, das ohnehin reißenden Absatz fand. Fünf Kinder seien bereits an Krebs erkrankt, erfuhr ich noch auf der Titelseite, zwei Lehrer an der heimtückischen Krankheit gestorben, ebenso der Pfarrer von nebenan. »Jetzt kam raus, was die Stadt schon seit Ende der 80er Jahre weiß: Das Gelände ist hochgradig mit Krebsstoffen verseucht – Arsen, Quecksilber, Blei, Zink und andere hochgefährliche Stoffe.« Mehr im Lokalteil! Noch mehr!

Abendzeitung

1,50 Mark

Wochenende 18./19. Dezember 1999

Boden vergiftet: Krebs-Serie an Münchner Schule

Schon drei Tote – aber die Stadt unternimmt nichts

Fünf Kinder sind an Krebs erkrankt, zwei Lehrer starben an der heimtückischen Krankheit. Auch der Pfarrer der Kirche in [illegible] ner Stuntzschule. Jetzt kam raus, was die Stadt schon seit Ende der 80er Jahre weiß: Das Gelände in der Parkstadt Bogenhausen ist hochgradig mit Krebs-Stoffen verseucht – Arsen, Quecksilber, Blei, Zink und andere hochgefährliche Stoffe. Giftmüll, den unter anderem die ehemalige städtische Gasfabrik an der Einsteinstraße dort entsorgte. Seite 12

Mit zittrigen Händen blätterte ich die Zeitung auf, musste zweimal ermahnt werden, endlich das Wechselgeld entgegenzunehmen. Da stand es, unter der Überschrift: »Leukämie, Krebstote – die Stadt schweigt«: »Das ganze Ausmaß der Katastrophe: Kinder und Lehrer, Nachbarn und Anwohner – sie sind über Jahre systematisch vergiftet worden.« Über Jahre! Systematisch! Vergiftet!

Warum sagt mir keiner so was? Ich ließ die versammelten Gäste im Alten Rathaussaal warten, lief ins Büro zurück und forderte Blitzmeldungen an: Warum verheimlicht das Umweltreferat Giftgruben unter der Schule? Warum verschweigt das Schulreferat tote Lehrer und krebskranke Kinder? Es war Freitagabend. Die Resonanz kann man sich denken. Also gut: Dann eben Berichterstattung am Montagmorgen, in der allwöchentlichen Runde mit den Chefs der Referate.

Am Sonntagabend wagte ich mich im Schutz der Dunkelheit wieder auf die Straße und lauerte dem netten afghanischen Zeitungsverkäufer auf, der bei seinem Schwabinger Kneipenbummel hier vorbeikommen musste. Meist begegneten wir uns bei unserem Griechen, wo er mich stets schmunzelnd auf bestimmte Artikel hinweist, denn er liest die Zeitung, bevor er sie verkauft. Endlich kam er mit seinem Fahrrad. Er reichte mir gleich eine Zeitung hin, aber er sagte nichts dabei. Er wirkte ernst, sehr ernst. Fuhr schnell wieder weg. Unter einer Straßenlaterne las ich wenigstens das Wichtigste, auf der Titelseite unter der Schlagzeile: »Münchner Krebsschule: Eltern klagen Stadt an«. Da hieß es in fetten Buchstaben: »Der Giftmüllskandal um die Bogenhausener Stuntzschule (vier krebskranke Kinder, zwei tote Lehrer) erschüttert München!« Über die wundersame Heilung eines krebskranken Kindes am Wochenende (aus fünf wurden vier) konnte ich mich gar nicht richtig freuen, denn ich sah die Stadt auf der Anklagebank. Zu Hause konnte ich dann mit der Lektüre des Lokalteils das Grauen vertiefen: »In Bogenhausen machen sich Wut, Angst und Entsetzen gleichermaßen breit. Nach dem AZ-Bericht

Abendzeitung

1,50 Mark

Münchner Krebs-Schule: Eltern klagen Stadt an

Krisenstab im Rathaus berät über Schließung

über den Giftmüllskandal um die Grund- und Hauptschule an der Stuntzstraße werden viele Eltern heute ihre Kinder nicht zur Schule schicken. ›Hier ist die Hölle los‹, berichtet Vater Peter L., ›seit Samstagfrüh sind Lehrer und Elternbeiräte aus den Betten getrommelt worden, alle sind in Panik.‹«

Hölle, Panik – das war schon mal was im Tal des Todes, aber noch nicht genug. Natürlich hat die jahrelange systematische Vergiftung auch eine politische Dimension, über die wir im letzten Absatz Näheres erfuhren: »Auch die Stadträte laufen jetzt Sturm. Franz Forchheimer (CSU) will OB Christian Ude persönlich verantwortlich machen: ›Ein unglaublicher Skandal!‹«

An meiner persönlichen Verantwortung konnte es eigentlich überhaupt keinen vernünftigen Zweifel geben – aber wofür? Der AZ-Kommentator lieferte erste Antworten: Er beklagte die »unerträgliche Ignoranz« der Stadt und vor allem die »gravierenden Lücken im Krisenmanagement«, weil doch die Stadtspitze »den Skandal erst aus der AZ erfahren« habe. Diese Kritik war auch noch berechtigt. Ich wusste ja wirklich von nichts.

Am Montagvormittag: Referentenrunde. Warum wurde mir hier alles verschwiegen? Der Umweltreferent bestritt, irgendetwas vertuscht zu haben. Die Stadt weiß zwar von 1500 Flächen, die verdächtigt werden, Altlasten zu enthalten, aber das Schulgelände ist nicht dabei. Das geht aus dem Kataster hervor, das sein CSU-Vorgänger angelegt hat. Das, fand ich, hörte sich ja nicht schlecht an.

 Von wegen »unerträgliche Ignoranz« – wir wissen sogar von 1500 Verdachtsflächen. Mehr noch: Wir haben ein Altlastenverdachtsflächenkataster! Ein herrliches Wort, das ich flink auswendig lernte, um es bei den Verhören der nächsten Tage immer wieder einfließen zu lassen. Das riecht doch förmlich nach Kompetenz und administrativer Pflichterfüllung. Und wenn da eine Fläche fehlt, war der CSU-Vorgänger schuld. Also fasste ich die bisherige Diskussion kraftvoll zusammen: »Selbstverständlich haben wir ein Altlastenverdachtsflächenkataster (es ging mir wirklich stolperfrei über die Lippen) – aber warum fehlt da die mit Arsen und Quecksilber, Blei und Zink aufgefüllte Lehmgrube? Das ist doch wirklich ein Versäumnis!« »Eine Lehmgrube«, dozierte der Umweltreferent, »hat es dort nie gegeben!« An Haarspaltereien war mir angesichts des Ernstes der Lage aber jetzt nicht gelegen. »Dann halt keine Lehmgrube. Vielleicht eine Kiesgrube. Ein Bombenkrater. Ein Ruinenkeller. Was weiß ich. Ein Loch halt.« »Nein«, wurde der Umweltreferent jetzt richtig bockig, »da hat es nie ein Loch gegeben!« Nie? Woher will er denn das wissen!? »Wir haben das untersucht«, belehrte er mich.

Bodendokumentationen, Bauakten, Vorstudien für das Altlastenverdachtsflächenkataster, multitemporale Luftbildrecherchen. Nur auf der anderen Straßenseite war einmal eine Grube, deshalb wurde die Fläche geräumt und steht jetzt zur Bodensanierung an, 13 Meter tief. 13 Meter tief! Dafür haben sie Geld, dachte ich heimlich; aber so etwas Dummes würde ich nie in der Referentenrunde äußern. Stattdessen fragte ich nach: »Woher kommen dann Arsen und Quecksilber, Blei und Zink? Bitteschön? Ich meine, ich bin kein Umweltexperte, aber was man mit Arsen machen kann, weiß ich von ›Arsen und Spitzenhäubchen‹. Das ist doch nichts für einen Schulhof!« Jetzt wirkte der Umweltreferent auf einmal gekränkt: »Es gibt dort kein Arsen. Auch kein Quecksilber. Kein Blei und kein Zink, auch sonst keine Ausdünstungen von Schadstoffen. Es sind dort überhaupt keine Schadstoffemissionen gemessen worden.«

Gemessen? Ich war elektrisiert. Gemessen? Die Stadt hat dort gemessen? Dann muss es doch einen Verdacht gegeben haben, einen Grund zur Sorge! Ja, erfuhr ich, der Schuldirektor hat Beschwerde geführt über die Geruchsbelästigung im EDV-Raum im ersten Stock, und deshalb hat das Umweltreferat Raumluftuntersuchungen auf flüchtige organische Verbindungen (VOC) durchführen lassen, mit völlig unbedenklichen Ergebnissen. Vorsorglich wurde der Teppichboden durch Linoleum ersetzt. Also wirklich, fuhr es mir durch den Kopf, wie hat es an unserer alten Schule gestunken! Heute werden da gleich Gutachter auf flüchtige organische Verbindungen angesetzt. Es lag mir schon auf der Zunge: »Dafür haben Sie Geld.«

Stattdessen zog ich jetzt meine stärkste Trumpfkarte als strenger Verwaltungschef: »Und was ist mit den Toten?« Die, antwortete die Stadtschulrätin, gebe es wirklich. Mir fiel der Kugelschreiber aus der Hand. Saß die doch tatsächlich mit toten Lehrern im Keller seelenruhig dabei, während wir mit größter Mühe nach flüchtigen organischen Verbindungen fahndeten. »Allerdings«, fügte sie entspannt hinzu, »im Zeitraum von 15 Jahren. Zwei pensionierte Lehrer im Zeitraum von 15 Jahren. Und das ist schon auffällig. Statistisch auffällig, wie Vergleiche mit anderen Schulen ergeben haben – auffällig wenig.« Mir lag schon auf der Zunge, dass wir schließlich alle einmal … Auch die Lehrer … Aber ich riss mich zusammen: »Und die Kinder …?« Von denen war weder dem Schulreferat noch dem Staatlichen Schulamt etwas bekannt. Der tief besorgte Direktor hatte nur die Presse alarmiert.

Also war noch ein letztes Fragezeichen geblieben. Da hieß es kraftvoll handeln. Nachdem ich mir hatte soufflieren lassen, was man im verdächtigen Untergrund überhaupt treiben könnte, ordnete ich 14 Rammkernsondierungen und zehn Oberbodenuntersuchungen an. Und das Ganze an die Presse: Keine Grube, niemals. Kein Gift, keine Emission. Dafür aber eines der ältesten Altlastenverdachtsflächenkataster der Republik, und jetzt als i-Tüpferl obendrauf noch höchst vorsorgliche Rammkernsondierungen …

Gleichwohl stellte die CSU am Nachmittag unter dem Betreff »Krebs-Alarm an Stuntzschule« den »dringlichen Antrag«, »dem Stadtrat sofort das ganze Ausmaß des Umweltskandals mit seinen gesundheitlichen Folgen für die Kinder und Lehrer darzustellen.« Präzise wurde nachgehakt: »Seit welchem Zeitpunkt hat die Stadt München davon Kenntnis, dass das Gelände an der Stuntzstraße mit gesundheitsgefährdendem Giftmüll verseucht ist? Warum wurde bis heute nichts dagegen unternommen? Wer trägt in der Stadtspitze dafür die Verantwortung? Hat dieses Herunterspielen von Umweltskandalen durch das Referat für Gesundheit und Umwelt gar System?«

Am nächsten Tag lautete die AZ-Schlagzeile »Ich mach' der Stadt die Hölle heiß!«, der Lokalteil berichtete von »Tumulten in der Turnhalle« und Streikplänen der Schüler. Der elfjährige Marko will sogar mit einem Plakat vor dem Rathaus demonstrieren: »Wir möchten vom Oberbürgermeister wissen, ob wir vielleicht auch auf einer Müllgrube leben.« Noch einen Tag später feierte die »Abendzeitung« einen wahren Triumph: »Kultusministerin hebt Schulpflicht auf!« Dank dieser mutigen Entscheidung von Monika Hohlmeier können die jahrelang systematisch vergifteten 410 Schüler »erst mal durchatmen«. Dass am 23. Dezember sowieso die Weihnachtsferien beginnen, tat der säkularen Schulfrei-Entscheidung gegen den Giftmüllskandal natürlich keinen Abbruch ...

Welche Stimmung mittlerweile herrschte, schilderte die »Süddeutsche Zeitung« treffend nach einem Elternabend: »Die fast 300 verärgerten Eltern und Schüler zogen den Kreis um die Bürgermeisterin immer enger, die Redebeiträge wurden lauter und emotionaler, in das Klatschen mischten sich Pfiffe und Getrampel. Sogar Vergleiche zu Tschernobyl und Seveso wurden gezogen. Väter wollten ›buchstabiert‹ wissen, wer es verantworte, die Kinder länger in die Schule zu zwingen. Schüler klagten die Erwachsenen an: ›Sie setzen hier Menschenleben aufs Spiel. Das stand in der Zeitung. Wir wollen daheim bleiben, sonst sterben wir auch.‹«

Zum Heiligen Abend konnte die »Abendzeitung« den Volkszorn bereits hübsch verpackt auf der Leserbriefseite präsentieren: Paul Hubermann fand es skandalös, »dass die Behörden wider besseres Wissen so lange nichts unternommen haben«, Karl Wüster aus Krailling empörte sich, »dass Stadtverwaltung und Oberbürgermeister nun wieder die üblichen beschwichtigenden Statements abgeben, anstatt zuzugeben, mit welcher zynischen Ignoranz und Rücksichtslosigkeit mit der Gesundheit und Sicherheit der Münchner Bürger umgegangen wird.«

Im Privatradio wurden Kinder aus Bogenhausen interviewt, warum sie noch nicht sterben wollen. Dies war die Zeit, in der mich die Dame am Auto gefragt hat, warum ich eigentlich kleine Kinder vergifte. Was hätte ich ihr denn zur Antwort geben sollen? Ein beschwichtigendes Statement vielleicht? Voller zynischer Ignoranz?

Aber es kam noch schlimmer. Immerhin stand nun schon tagelang in der Zeitung, wenn auch nur in einer, dass es einen Zusammenhang gebe zwischen Schadstoffen und Todesfällen sowie lebensbedrohenden Erkrankungen. Da musste die Staatsanwaltschaft Ermittlungen aufnehmen – und tat es auch. »Gegen Unbekannt« – aber unter uns: War der Verantwortliche nicht schon oft genug genannt worden? Die Schlagzeile der AZ vom nächsten Tag konnte man sich schon vorher ausmalen: »Stuntz-Schule ist jetzt ein Fall für den Staatsanwalt«.

Kleine Bilanz unterm Weihnachtsbaum: Die Volksseele kocht, München ist erschüttert, die Eltern sind in Panik, die Kultusministerin gibt schulfrei, der Staatsanwalt ermittelt. Mal ganz im Ernst: Braucht man da noch Schadstoffe im Untergrund? Nein, der Skandal hatte sich längst von der Sachlage emanzipiert.

Deshalb hat es mich schon gar nicht mehr gefreut, als die vereidigten Sachverständigen zu Beginn des neuen Jahres meldeten, bei sämtlichen Bodenproben gebe es keine relevanten Schadstoffgehalte. Ganz im Gegenteil!

Dieses Resultat war – offen gesagt – eine Katastrophe. Was soll das heißen: nichts gefunden. Damit stehen wir doch wieder als Affen da, die nichts wissen, nichts hören, nichts sehen, nichts riechen. Unerträgliche Ignoranz! Sollen wir bis in alle Zukunft alle Giftmeldungen erst aus der AZ erfahren? Ich beschwor den Umweltreferenten, wenigstens einen vergifteten Hund zu finden. Wenn es sein muss, auch eine tote Katze. Damit hätte man die Zeitung besänftigen können: Ihr habt recht gehabt, wir hüllen uns in Sack und Asche. Die Zeitung hätte den Hundehalter oder das Katzenmutterl interviewen können, exklusiv und mit Bild: »So hat mir die Todes-Schule Lumpi geraubt.« Und dann hätte die Zeitung jubilieren können, dass die Schule endlich geschlossen wird und Schluss ist mit dem

 Sterben, dank ihrer unerbittlichen Aufklärung. Aber so, mit lauter Dementis, wird nie Ruhe einkehren.

Der Umweltreferent gab zu bedenken, dass die Gutachter vereidigte Leute seien, denen man nicht einfach einen toten Hund unterjubeln könne. Außerdem sei da noch etwas. Er zog bedächtig eine Klarsichthülle aus der Aktenmappe. Eine Stellungnahme des Leiters des Tumorregisters. Bei den Krebserkrankungen an der Schule des Todes handle es sich »um mindestens vier verschiedene Erkrankungsformen, sodass von keiner bedrohlichen Erkrankungsserie gesprochen werden kann. Die Anzahl der bekannt gewordenen Krebserkrankungen im Lehrerkollegium entspricht dem Erwartungswert.« Das hatte mir gerade noch gefehlt. Ich hörte schon die vernichtende Kritik der Bürgerschaft: »Die üblichen beschwichtigenden Statements, anstatt zuzugeben, mit welcher zynischen Ignoranz und Rücksichtslosigkeit mit der Gesundheit und Sicherheit der Münchner Bürger umgegangen wird.«

Irgendwie ist es dem Umweltreferenten aber doch gelungen, mich müde zu reden und zur Veröffentlichung der Gutachten zu bewegen. Und dann stellte auch noch der Staatsanwalt die Ermittlungen ein, und die Kultusministerin gab nach den Schulferien kein Schulfrei mehr. Vertuschung, wohin man sah. Nur die AZ ließ sich nicht beirren: »Stuntz-Schule: Noch gibt es Zweifel«, hieß die Headline zum Gutachten. Und dann die Überschrift: »Rätselhafte Krebsfälle – Schule wurde neu gebaut.« Im Kleingedruckten erfuhr man dann allerdings, dass sich dieser Fall in Neutraubling in der Oberpfalz abgespielt hatte.

In München machte jetzt dafür die BILD-Zeitung, die bislang äußerst sachlich über den vermeintlichen Fall berichtet hatte, kritische Anmerkungen: »Ein Gewinner der ganzen Aktion steht bereits fest: Wegen der großen Dringlichkeit verlangte – und bekam – die Bohrfirma den doppelten Preis.« Das war mir, offen gesagt, auch schon aufgestoßen: Dafür haben sie Geld. Aber so etwas Dummes würde ich nie sagen.

DIE KLEINEN DINGE DES LEBENS

Freuden des Disziplinarrechts

Wer kümmert sich eigentlich um die ganz kleinen Dinge des Lebens? Um die wirklich winzigen? Sollten wir, fragen wir uns erschrocken, dies am Ende selber sein? Eine ungemütliche Frage, denn eigentlich kümmern wir uns lieber ums Große und Ganze. Aber manchmal lauern die kleinen Dinge des Lebens auch in einem Stapel bedeutsamer Akten. Und die allerbedeutsamsten Akten sind eigentlich die, wo »Vertraulich« draufsteht. Verschlusssachen, nur für Geheimnisträger. Wenn es dann noch gilt, Disziplinargewalt auszuüben, sich also hoheitsvoll in einem der letzten Reservate herrschaftlichen Denkens und Handelns zu bewegen, kennt die Bedeutung keine Grenzen mehr. Aber auch dort, gerade dort, lauern die ganz kleinen Dinge des Lebens.

Begonnen hat alles ziemlich groß, in riesigen Dimensionen, nämlich mit Milliardenverlusten, die eine bedeutende Geschäftsbank gemacht hat. Diese Pleiten hatten zwar keine Disziplinarverfahren zur Folge, aber eine große Werbekampagne, mit der sich die Bank, die gerade Milliarden in den Sand gesetzt hatte, einem größeren Publikum als Beraterbank andiente. Weil offensichtlich manche Kunden dies nicht als öffentliche Bedrohung erkannten, sondern für ein verführerisches Angebot hielten, sahen sich die Sparkassen gezwungen, ebenfalls die Werbetrommel zu rühren und dezent darauf hinzuweisen, dass sie sich seit jeher auch mit Otto Normalverbraucher und dessen Kleinkonto beschäftigen, was die großen privaten Geschäftsbanken im Taumel der Boom-Jahre und der Konzentration aufs Investment Banking weit von sich gewiesen hatten.

Um die bewährte Kundennähe und besonders die Wertschätzung des verehrten Kleinkunden zu unterstreichen, war schnell der passende Slogan gefunden: »Wir kümmern uns auch um die kleinen Dinge im Leben.« Alle Sparkassen haben solche Anzeigen aufgegeben, auch die von Heidelberg. Wir wissen nicht, wie die Heidelberger ihr Inserat illustriert haben – wir müssen allerdings vermuten, dass es sich bei jener Version, die in Kreisen der Münchner Stadtverwaltung herumgereicht wurde, um eine plumpe Fälschung handelte. Wie auch immer: Plötzlich tauchte, mal per E-mail, mal per Fax, ein wahrhaft folgenschweres Bild auf. Am treffendsten wurde es von der Rechtsabteilung des Personal- und Organisationsreferats beschrieben, unbeirrbar sachlich:

»Das Bild zeigt die Abbildung von zwei lediglich mit einer Krawatte bekleideten Männern, die in der einen Hand eine Aktentasche halten, sich gegenüberstehen, anschauen und gegenseitig den Penis des anderen Mannes berühren. Auf diesem Bild stand noch der Text: ›Wir kümmern uns auch um die kleinen Dinge im Leben …‹ und darunter ›Stadtsparkasse Heidelberg – mehr als nur eine Bank.‹«

Anhand des Akteninhalts, maßgeblich der Anlage 1, einer Fotokopie eines Ausdrucks einer E-mail mit der unzüchtigen Darstellung, konnte ich mich davon überzeugen, dass die Beamtenrechtsspezialisten mit ihrer knochentrockenen Bildbeschreibung den Nagel auf den Kopf und das frivole Treiben der beiden Schniedelwutzbetaster im Kern getroffen hatten.

Trotzdem verstand ich nicht recht, warum diese Akte auf meinem Schreibtisch landete. Zwar passiert es gelegentlich, dass mir zur Aufheiterung des tristen Büroalltags Comics und Cartoons frivolen Inhalts zugefaxt oder zugemailt werden – aber warum wurde um diese Zeichnung so viel Aufhebens gemacht: mit einem eigenen »Vorgang«, »Vertraulich!«, »Unter Umschlag!«

Es handle sich, wurde ich belehrt, um einen sexistischen Übergriff. »Nun ja«, meinte ich, »die Zeichnung ist schon recht männerfeindlich, so wie die beiden Protagonisten des männlichen Geschlechts hier vorgeführt werden. Nackert, lächerlich, und dann noch sichtlich lustlos.« Das war aber wieder mal voll daneben. Es gehe nicht um Männerfeindlichkeit, die werde als solche disziplinarisch nicht verfolgt, sondern um eine Schädigung des Ansehens des öffentlichen Dienstes.

Richtig! Dass ich da nicht sofort draufgekommen war! Nackerte, die mit Krawatte und Aktenkoffer herumlaufen, müssen im bekleideten Leben ein Amt im öffentlichen Dienst versehen, sind eigentlich nur vorstellbar als Lebenszeitbeamte, die eine Laufbahn des höheren Verwaltungsdienstes eingeschlagen haben. Und da ist es dann schon unerhört, ihnen sowohl sexuelle Neugier als auch libidinöse Schwäche anzudichten. Ist es das?

Schon wieder daneben. Gegen abfällige Darstellungen biete das Beamtenrecht nämlich keinerlei Handhabe, auch wenn manche Klischeevorstellung über den öffentlichen Dienst in unseren Medien schon wirklich ärgerlich sei. Nein, die Zeichnung muss im Tatzusammenhang gesehen werden, der erst die disziplinarrechtliche Würdigung erzwingt. Das Bild wurde nämlich gemailt. Und zwar von einem Verwaltungsamtmann an eine Mitarbeiterin der Infothek. Eigentlich hatte der Amtmann, so sagte er wenigstens in seinem Anhörungsverfahren, nur zwei Bilder von zwei Blumensträußen mailen wollen, was ich auf Anhieb ziemlich übertrieben fand, weil es ein Blumenstrauß in der Regel tut, um Glückwünsche zu übermitteln oder Sympathie zu bekunden. Aber das war rechtlich nicht zu bewerten, die Blumensträuße gingen auch disziplinarisch in Ordnung. Allerdings, so räumte der

Verwaltungsamtmann ein, sei das Bild von der Heidelberger Stadtsparkasse gewissermaßen mitgerutscht. Er habe sich einerseits darüber keine Gedanken gemacht, andererseits aber den festen Willen gehabt, die Dame an der Infothek damit nicht zu belästigen. Was die Dame aber nicht so gesehen hat.

Damit kamen die kleinen Dinge des Lebens doch noch ganz groß raus: Als Beamter hätte der Amtmann nämlich »eine Ansehensschädigung für den öffentlichen Dienst vermeiden« müssen, mit seinem Verhalten hat er aber gegen diese beamtenrechtliche Pflicht nach Artikel 64 Absatz 1 Satz 3 des Bayerischen Beamtengesetzes verstoßen und somit ein Dienstvergehen nach Artikel 84 begangen.

Die feierliche Prozedur war schon weit fortgeschritten (»Der Abschluss der Vorermittlungen ist in den Akten vermerkt, Ihnen wurde Gelegenheit zum abschließenden Gehör gegeben«), sodass ich gar nicht mehr auf die Möglichkeit hinweisen konnte, lästige E-mails oder Faxe einfach zu ignorieren. Von einer bloßen Einstellung des Verfahrens wurde mir dringend abgeraten, weil die völlige Nichtverfolgung der sexuellen Belästigung einer Kollegin eine frauenpolitische Dimension habe, die wiederum mit der Gleichstellungsstelle zu erörtern sei, was dann schon die Kräfte von zwei Dienststellen binden würde. So blieb mir nur noch, das Verfahren zwar einerseits einzustellen, andererseits aber gleichzeitig eine Missbilligung auszusprechen, die nach drei Jahren auf Antrag vernichtet wird, mitsamt der Anzeige der Heidelberger Stadtsparkasse.

Seither weiß ich, wer sich um die wirklich kleinen Dinge des Lebens kümmert. Es ist nicht die Stadtsparkasse Heidelberg, es ist die Münchner Stadtverwaltung!

AUSGEZEICHNET: DER UNGESCHRIEBENE ROMAN

Laudatio vom 1. April 2004

Herzlich willkommen im festlichen Saal des Alten Rathauses – auch wenn sich die meisten von Ihnen nur sehr ängstlich hereingetraut haben: Sie beobachteten erst aus sicherer Distanz die Eingangstür, vergewisserten sich, dass auch andere zur festlichen Preisverleihung der Landeshauptstadt eilen und drückten sich dann flink und verstohlen mit diesem Papa-geht-doch-nicht-ins-Puff-Blick herein, um nur ja nicht dabei erwischt zu werden, dass Sie auf einen April-Scherz, noch dazu einen literarischen, hereingefallen sind. Jetzt ist Entspannung angesagt: Es ist zwar heute der 1. April, aber die Einladung war kein übler April-Scherz, ganz im Gegenteil: Die heutige Ehrung ist uns, wie man so sagt, ein besonderes Anliegen.

Deshalb ist mein erstes Wort ein großes Dankeschön, an die Sponsoren zum Beispiel, ohne die der Festakt nicht so feierlich hätte gestaltet werden können: Danke für die Häppchen, für die Brezn und fürs Freibier, dies alles ist bei jedem städtischen Ereignis allemal wichtiger als der Anlass, die Reden und die Preisträger zusammen.

Erlauben Sie mir, ganz protokollwidrig aus der

stattlichen Reihe hochdekorierter Literaten in unserem Publikum einen Namen herauszugreifen, weil er mir auch schon einmal einen unvergesslichen Vorschlag für einen städtischen Festakt gemacht hat: Professor Ulrich Beck. Sie, lieber Herr Beck, haben eines unschönen Tages die für einen Soziologen unfassbare Entdeckung gemacht, dass der allseits bekannte, ja berühmte und seit Weiss-Ferdls »Linie 8« sogar unsterbliche Max-Weber-Platz gar nicht nach Max Weber benannt ist, sondern nach einem Haidhauser Magistrat und Mäzen gleichen Namens. Dies konnten Sie einerseits auf sich und der ganzen Soziologenzunft nicht sitzen lassen, andererseits hatte sich der Magistratsherr nichts zuschulden kommen lassen, was es auch nur im entferntesten gerechtfertigt hätte, das städtische Gedenken an seine Wohltaten nachträglich zu schmälern. Sie haben dieses knifflige Problem gelöst mit Ihrem Antrag, den Max-Weber-Platz in Max-Weber-Platz umzubenennen und bei dieser Umbenennung klarzustellen, dass der Platz fortan sowohl nach einem Haidhauser Magistratsherren als auch nach dem Soziologen und Volkswirt Max Weber benannt sei. Wir haben diesen Festakt mit Hilfe der Trambahnerkapelle und Ihres Doktorandenseminars wirklich würdig gestaltet und seither fühle ich mich im Kreise von Soziologen etwas wohler.

Mein Dank gilt wie immer bei städtischen Preisverleihungen der Jury, die keine bessere Wahl hätte treffen können, was diesmal wirklich wörtlich zu nehmen ist: Denn wer auch nur damit geliebäugelt hätte, eine andere Persönlichkeit auszuzeichnen, wäre niemals in die Jury berufen worden; dazu später mehr. Jedenfalls schmückt es München als Literaturstadt, dass für die städtische Jury Autoren wie Gert Heidenreich, Dagmar Leupold, Matthias Politycki, Uwe Timm und Joseph von Westphalen gewonnen werden konnten und Tilmann Spengler sogar den Vorsitz übernahm, obwohl der Entscheidungsspielraum des Gremiums beklagenswert klein war. Aber vielleicht hat gerade dies den Reiz der Juryarbeit ausgemacht.

Und vor allem gilt mein Dank der Preisträgerin des heutigen Abends, der Autorin, Kritikerin und Herausgeberin Olga Mannheimer, die nicht nur ihren ungeschriebenen Roman, sondern auch diesen

Preis und vorsichtshalber auch die Jury erfunden hat: Glückwunsch zu dieser überraschenden Ehrung!

Das Anliegen, das mit der heutigen Preisverleihung an eine größere literarische Öffentlichkeit herangetragen werden soll, habe ich buchstäblich bereits mit der Muttermilch aufgesogen. Das muss ich kurz erläutern. Mein Vater war Redakteur einer monatlichen Literaturzeitschrift, die fast drei Jahrzehnte lang erschien und in jeder Ausgabe über 100 Buchrezensionen veröffentlichte. Deshalb bekamen wir auch jeden Monat weit über 100 Bücher von den Verlagen nach Hause zugeschickt. Einige packte mein Vater thematisch geordnet zu Päckchen oder stattlichen Paketen zusammen und schleppte sie zur Post, um sie an Mitarbeiter zu versenden; doch die Überzahl blieb in der Wohnung und überflutete die Regale, den Schreibtisch, das Schlafzimmer der Eltern, die Schränke in den Kinderzimmern, schließlich sogar die Küchenmöbel. Wenn wieder eine Frankfurter Buchmesse ins Haus stand und eine besonders große Buchflut hereinschwappte, nutzte mein Vater auch die Badewanne als Buch-Zwischenlager. Diese Umstände waren sogar in meiner Schulklasse bekannt, aber nicht sehr beliebt, denn eines Tages meldete sich mein Nachbar: »Fräulein, in Frankfurt muss wieder Buchmesse sein – der Ude muffelt!«

Die beklemmende, erdrückende Zahl von Buch-Neuerscheinungen nimmt uns aber nicht nur die letzten Räume, Entfaltungsmöglichkeiten und sanitären Anlagen weg, sie bereitet uns auch ein schlechtes Gewissen: entsetzlich, was wir alles nicht gelesen haben! Allein von den Neuerscheinungen dieses Jahres! Ganz zu schweigen von den Vorjahren! Gar nicht zu denken an die Folgejahre! Alle Ferien bis zur Pensionierung reichen für ein bis zwei Regalmeter. Aber allein die Bücherschau im Herbst präsentiert wieder Kilometer!

Ich danke Olga Mannheimer, dass sie uns nicht unsere Unzulänglichkeit als Leser vorhält und uns auch keine Schuldgefühle einredet, sondern das Übel tatsächlich an der Wurzel packt: Es gibt zu viele Bücher! Es werden zu viele geschrieben! Der Kulturbetrieb muss endlich umsteuern, nicht länger den Produktionsausstoß prämieren, sondern das Schweigen. Preiswürdig ist nicht die unüberschaubare Flut der Romane, sondern der ungeschriebene Roman!

Jede Woche werden 300 000 Bücher eingestampft. Welch sinnlose Arbeitslast für die Druckereien, welcher Waldfrevel! Die heutige Preisverleihung beschreitet Neuland, aber der deutsche Wald wird es uns danken.

Höchst innovativ ist aber nicht nur der Preis, sondern auch das Verfahren seiner Verleihung, das hoffentlich kulturpolitisch Schule macht.

Da ist zunächst einmal die Jury. Hochkarätig, wie ich schon belegen durfte. Aber wie qualvoll ist in aller Regel die Mitgliedschaft in einer literarischen Jury! Alle Mitglieder müssen alle vorgeschlagenen Werke lesen, auch wenn sie durchaus einer geregelten Erwerbstätigkeit nachgehen. Eine demütigende Prozedur. Und dann die Qual der Wahl!

Dies alles ist hier entfallen, weil die Preisträgerin nur Mitglieder in die Jury berief, die sie als Preisträgerin unterstützten. Kurz und schmerzlos. Der Stadt ersparte dies die Peinlichkeit, dass manche Jury-Mitglieder eigene Projekte ins Gespräch bringen wollen, wie wir es gerade bei der Kunst im öffentlichen Raum erlitten haben. Das neue Verfahren ist gegen solche Verquickungen absolut immun. Sauber, sage ich.

Auch der Stadtrat hatte auf die Auswahl keinen Einfluss, was sich als weitere Wohltat erwies. Wenn sich der Stadtrat nämlich einmischt, gilt dies dem Feuilleton als Skandal, weil er doch keinerlei Kompetenz hat. Wenn er sich aber nicht einmischt, gilt dies dem Feuilleton als Eingeständnis von Desinteresse und Inkompetenz. Bei der heutigen Preisverleihung bleiben dem Stadtrat beide Urteile erspart.

Schließlich war auch das Kulturreferat mit dem Vorgang nicht befasst. Nur so ist zu erklären, dass die Ausschüttung des Preises noch fristgerecht in diesem Haushaltsjahr stattfinden kann.

Vor allem aber halten sich die Kosten im Rahmen. Das ist bei rein fiktiven Angelegenheiten keineswegs selbstverständlich. Kürzlich hat eine Kunstkommission vom Stadtrat verlangt, er solle das Pflaster zweier Bürgersteige so auswechseln, dass der Bürger davon nichts sieht. Das hätte einen fünfstelligen Betrag gekostet und hätte uns dafür neue Sehgewohnheiten beigebracht. Von Olga Mannheimers ungeschriebenem Roman sieht der Bürger auch nichts, er bringt uns neue Lesegewohnheiten bei – und kostet den Steuerzahler überhaupt nichts!

Da ich über das preisgekrönte Werk nichts sagen kann, weil es ja nicht niedergeschrieben wurde – es soll sich um ein mehrsprachiges Œuvre auf verschiedenen Handlungsebenen handeln, was die schrecklichsten Befürchtungen rechtfertigt –, komme ich abschließend auf die Preisträgerin zu sprechen, deren Bereitschaft zu schweigen ich seit Jahrzehnten zu schätzen weiß. Aber das muss ich schnell erklären.

In unserer studentischen Wohngemeinschaft weigerten sich eines Tages unsere Freundinnen grundlos, weiterhin den Hausputz zu übernehmen, obwohl sich dies glänzend bewährt hatte. Die Folge war eine unaufhaltsame Verslumung der geräumigen Altbauwohnung, was nach einiger Zeit sogar die weniger peniblen WG-Mitglieder zu stören begann. Selber mit Wischtuch und Besen gegen die Verwahrlosung vorzugehen, ließen unsere dringenden Aufgaben bei diversen Emanzipationsbewegungen nicht zu. Also musste eine Putzfrau her. Nun ist es aber eine zutiefst entfremdete Arbeit, anderer Leute Dreck wegzuschaffen, und eine ausbeuterische Haltung, solches von anderen zu verlan-

gen. Also kam es nicht in Frage, dass wir mit einem Inserat à la »Studenten-WG sucht Putzfrau« auf den Sündenfall auch noch öffentlich aufmerksam machten. Auch vor Indiskretionen der Putzfrau selber musste man auf der Hut sein. Eine heikle Situation. Da kam mir der vermeintlich geniale Gedanke, im Vorraum der Mensa ein Inserat in französischer Sprache aufzugeben. Das würde nur Ausländerinnen interessieren, dachten wir, und eine Französin würde nach den Reinigungsarbeiten einiger Semester wieder spurlos von der Bildfläche verschwinden … Tatsächlich meldete sich eine frisch aus Paris eingeflogene Studentin, die den Job sofort annahm. Mein schlechtes Gewissen, als Ausbeuter von entfremdeter Arbeit zu profitieren, beruhigte ich nach der Putzstunde mit einem Kaffeekränzchen, bei dem auch Rechtsberatung gereicht wurde, so gut mir das als Jurastudent möglich war. Irgendwann quittierte Olga ihren Dienst, um sich aufs Examen vorzubereiten, und die Rechnung mit der Diskretion schien aufgegangen zu sein – bis sie mir eines Tages von einem alten Genossen voller Stolz als Schwiegertochter vorgestellt wurde, die im literarischen Leben Münchens aktiv werden wolle. Auch noch von einem Genossen! Auch noch im literarischen Leben! Würde sie jetzt in SPD-Kreisen oder Autoren-Zirkeln herumratschen, wie es seinerzeit in unserer WG ausgesehen hat und dass wir uns schon als Studenten um gröbere Arbeiten herumzudrücken verstanden? Nein, sie schwieg. So blieb unser Geheimnis gewahrt, und ich lernte Olgas Schweigen schätzen.

Heute darf ich ihre Bereitschaft zu schweigen endlich im Namen der Landeshauptstadt ehren – mit dem Preis für den ungeschriebenen Roman, verbunden mit der strengen Auflage, sich ein ganzes Jahr lang nicht beim Schreiben erwischen zu lassen.

Herzlichen Glückwunsch, Olga Mannheimer!

DER PELIKAN VON MYKONOS

Ehrenbürgerpflichten

Auf Windmühlen wäre ich vorbereitet gewesen. Denn jeder Depp weiß, dass es auf Mykonos viele dieser unglaublich berühmten Windmühlen gibt. Aber was sich da urplötzlich vor mir aufbaute beim Spaziergang durch die weiß gleißenden Gassen des verwinkelten Ortes, das war keine Windmühle, sondern ein Vogel, ein strahlend weißer, nur ein wenig pinkfarben getönter Vogel, viel zu groß für diese enge Gasse, stattlich wie ein Schwan, ungelenk watschelnd wie Onkel Donald, vor allem aber mit einem überdimensionalen knallgelben Schnabel ausgestattet, einem richtig bedrohlichen Trumm von einem Schnabel, das Respekt einflößte. Hätten wir nicht in der Schule mit Füllfederhaltern dieses Namens geschrieben und in öde langweiligen Stunden das Firmenlogo abgezeichnet, wäre mir nicht einmal bekannt gewesen, dass diese seltsamen Vögel Pelikane heißen. So aber fragte ich mich bei unserer ersten Reise auf der Kykladen-Insel: Was macht ein Pelikan in Mykonos?

Eine dämliche Frage, die gewöhnlich wohl nur Pauschaltouristen stellen. Als Bildungsreisender hätte ich die Antwort eigentlich wissen müssen, aber mein offensichtlich unzulänglicher Baedecker hatte mich nur darüber belehrt, dass auf der Nachbarinsel Delos immerhin so wichtige Götter wie Apollo und Artemis zur Welt gekommen sein sollen. Von den großen Mythen der Gegenwart hatte er selbst keine Ahnung.

Trotzdem merkte ich bald, dass ich da einem großen Thema auf der Spur war, denn der Pelikan zierte auch Ouzogläser und Weinflaschen in jeder Kneipe, grüßte von Schlüsselanhängern und Keramik aller Art in sämtlichen Souvenirläden, stand als Silberfigur bei jedem Juwelier, prangte auf T-Shirts, Matrosenjacken und Reisetaschen, schmückte als Coverboy Hotelprospekte wie Speisekarten und beherrschte – sogar in verschiedenen Posen – jeden Postkartenstand. Seit dem Sturz Ceaucescus dürfte es in Europa keinen Ort mit vergleichbarem Personenkult mehr geben.

Meine ersten Studien ergaben schnell, dass der Pelikan, den oberflächlich auf den Landgang vorbereitete Kreuzfahrtpassagiere schlicht Petros, Einheimische und Eingeweihte aber dynastisch präzise »Petros den Zweiten« nannten, gar nicht so singulär war wie angenommen, sondern in einer bemerkenswerten Gesellschaft lebte: Irini heißt das weibliche Geschöpf, das etwas zerzaust hinter ihm herwackelt. Eine französische Filmgesellschaft hat sie auf die Insel gebracht und dort zurückgelassen, aber wie eine französische Filmschönheit schaut sie eigentlich nicht aus, eher wie ein Ehegespons, dem der schöne Rosapelikan Petros der Zweite täglich mit Charles Aznavour entgegenschmettern möchte: »Tu t'laisse aller«, du lässt dich geh'n …

Aber in Wahrheit sind sie kein Ehepaar, denn Irini wurde schon mit dem Vorgänger vermählt, mit dem legendären Petros, der später als Begründer einer Dynastie Petros der Erste genannt werden sollte. Das damalige Hochzeitspaar, also Petros der Erste und die zu seinem Plaisir eingeflogene Werbeträgerin des französischen Films, wurde zwar von den Fischern am Hafen während der Zeremonie mit Reis beworfen, auf dass es fruchtbar werde, doch die ganze Ehe erwies sich trotz des in Tierkreisen ungewöhnlichen protokollarischen Aufwands als Desaster. Selbst die auf der Insel vorherrschende Interpretation, die Beziehung der beiden sei ein platonisches Liebesverhältnis gewesen, ist eine reine Schönfärberei. In Wahrheit war da nichts, nicht einmal platonisch, denn Rosapelikane wie Petros der Erste und auch der Zweite wollen von Graupelikanen wie Irini von Haus aus nichts wissen, nehmen allenfalls gewisse gemeinsame Interessen, beispielsweise am Fischfang der Fischer oder Speiseresten der Fischlokale, billigend in Kauf.

Lassen wir also Irini in Ruhe, die ausschaut wie eine Altenheimbewohnerin, die mit grell geschminkten Augen und waghalsig getöntem Haarschopf noch mal als schrille Punkerin auftreten möchte, und wenden uns lieber der männlichen Thronfolge zu, die das mykoniotische Gemüt und Zigtausende von Touristen seit Jahrzehnten bewegt, wie es nur Royalties gegeben ist.

segneten sehr bald das Zeitliche. Petros blieb der einsame Star und empfing Begum Aga Khan, Elisabeth Taylor und Soraya, um nur drei Namen aus dem Who's who seiner Verehrerinnen zu nennen, die sich bei Foto-Shootings am Hafen mit ihm verewigt haben und ihn bei allen Illustrierten-Lesern der westlichen Welt bekannt machten.

In einem Song wurde ihm bescheinigt, die Welt zu verzaubern, weil plötzlich alle dieselbe Sprache verstehen. 1972 arbeitete Petros der Erste sogar mit einem Doppelgänger, um seinen Ruf in der Neuen Welt zu festigen: Pelikan Dimos von der Insel Andros begleitete den Bürgermeister von Mykonos als »distinguished guest« in die USA, um die Werbetrommel für die Kykladen-Insel zu rühren. 1980 gewann eine Gymnasiastin mit Petros als Maskottchen-Vorschlag einen Ideenwettbewerb des Umweltministeriums: Seitdem dient er auch noch der nationalen Regierung als unermüdlicher Mahner, kein Butterbrotpapier auf die Straße zu werfen und kein Gift ins Meer zu kippen.

Sein Ende war erschreckend banal: Er kam unter das Auto eines Bauern. Der Rettungshubschrauber brachte ihn zwar unverzüglich in die Klinik in Thessaloniki – doch als er zurückkam, um im Folklore-Museum Platz zu nehmen, war er – ausgestopft. Dort steht er immer noch im Hauptsaal, doch als folkloristischer Staubfänger vermittelt er eher einen trostlosen Eindruck.

Weil seine Geschichte schon wegen ihrer Bedeutung für den Fremdenverkehr aber einfach kein Ende nehmen durfte, folgte bald schon Petros der

Zweite – ein Zögling des Duisburger Zoos, vermittelt von einem Münchner Reiseveranstalter, in Aussehen und Auftreten dem Vorgänger zum Verwechseln ähnlich. Auch er konnte von Anfang an mit Irini, der inzwischen Hochbetagten, wenig anfangen. Doch dafür kam Nikos. Wieder einer, der beim Flug nach Afrika schlapp machte und in Mykonos hängen blieb. Vor allem aber: ein Rosapelikan! Endlich pink! Welches Glück, welche Fügung! Ein Gunstbeweis des Himmels, dass auch dieser Pelikan den Weg zum Dorf der Windmühlen gefunden hat! Petros der Zweite und Nikos waren schnell ein vergnügtes Duo, zu zweit ein passendes Sinnbild einer Insel, die früher ein Wallfahrtsort schwuler Paare war. Gutbürgerliche Kreuzfahrtspassagiere konnten sie auch für ein glückliches Ehepaar halten. Für jeden etwas.

Doch dann die Tragödie: Nikos verschwand nach der Jahrtausendwende von der Bildfläche. Jede Kneipe hatte ihre eigene Version, was passiert sein soll: Am Hafen wurde kolportiert, besoffene Italiener hätten ihm eine Ouzoflasche auf den Kopf gehauen, in Straßencafés hieß es, irgendwelche Ausländer hätten ihm Giftiges verabreicht, Fischer erzählten – wohl in der Hoffnung auf eine weitere siegreiche Armada –, er sei nach Tinos geflogen, Verzeihung: entführt worden. Wie auch immer: Er war weg. Und Petros der Zweite, allein zurückgelassen, wurde in seiner Einsamkeit depressiv. Jeder einsichtige Mensch verstand, dass Irini ihm kein Trost sein konnte. Petros der Zweite kam wegen seiner seelischen Verstimmung, die Tag für

 Tag dramatischere Formen annahm, von der Verweigerung jedweder Nahrungsaufnahme bis zum Versteck in dunklen Verschlägen, in eine therapeutische Behandlung in der Vogelklinik auf Paros. Sie soll aber, wie in den Hafencafés erzählt wurde, kaum angeschlagen haben.

Die Depression breitete sich auf Inselbewohner aus: Ein Pelikan weg, einer seelisch verstimmt und Irini mehr Vogelscheuche als Vogel – was sollte dies für die Insel bedeuten? Ein böses Omen? Ich spürte, dass dies meine Stunde war. Schließlich war ich – nach einem Jahrzehnt regelmäßiger Inselbesuche – zwischenzeitlich bei einem ansehnlichen Festakt im Rathaus zum Ehrenbürger der Insel ernannt worden. Dieser gewaltigen Verantwortung galt es nun, in der Stunde der depressiven Verstimmung gerecht zu werden. Meine Frau gab den entscheidenden Wink: Petros der Zweite war doch schließlich auch nur ein Sprössling eines deutschen Tierparks, da könnte man doch noch einmal …

Als Erstes rief ich den Direktor des Münchner Tierparks an und fragte ihn, ob er die Überfüllung im Pelikan-Gehege nicht ebenfalls beängstigend finde und ob er meine Auffassung teile, dass bei diesem Gedränge von artgerechter Haltung keine Rede mehr sein könne. Er antwortete kühl, ich könne gerne einen Pelikan käuflich erwerben, wenn an meinem Ferienort einer benötigt werde.

Dass ich mir die geplante Wohltat durchaus privat etwas kosten lasse, erzählte ich dann ganz nebenbei auf einem Fest der griechisch-orthodoxen Gemeinde in München. Metropolit Augustinos,

Segensworte im Zoo, Abflug im Käfig

Ankunft im Fischerboot

Festmahl vor dem Rathaus

Das erste Interview mit dem nationalen TV
Theodoris Kyrantonis und »Father Georg« beim Festakt

Pelikan Chris präsentiert sich im Hafen
Doch unzertrennlich: Chris und Petros II

Zwei Münchner in Mykonos

der ranghöchste griechisch-orthodoxe Bischof in Deutschland, war von der freundschaftlichen Geste so angetan, dass er den Münchner Erzpriester bat, für den Münchner Pelikan vor der langen Reise Segensworte zu sprechen. Der Pelikan ist in der orthodoxen Liturgie ein Symbol des Opfertods am Kreuz, ein Symbol der Versöhnung. Wir vereinbarten einen Termin im Tierpark.

Die Pfleger holten den Pelikan, der mit seinem Riesenschnabel nach jedem schnappte, der in der Nähe stand. Der Tierparkdirektor hielt ihm dann endlich den Schnabel zu. Der Erzpriester baute am Rande des Geheges einen kleinen Altar mit Ikone auf, der Münchner Niederlassungsleiter von Olympic Airways ersetzte mit seinem »Kyrie Eleison« eine komplette Gemeinde. Ich schaute besorgt umher, ob Zoobesucher ihrerseits uns beobachteten und sich womöglich Sorgen um ihren Oberbürgermeister machten.

Geistlich eingestimmt wie noch kein Pelikan vor ihm startete Pelikan »Chris« Ostern 2003 in einem großen Vogelkäfig auf dem Flughafen München II nach Athen und dann nach Mykonos. Wir kamen kurz vor Mitternacht an – und dennoch war der Empfang überwältigend. Nicht nur der gesamte Gemeinderat hatte auf dem Rollfeld gewartet, auch das nationale Fernsehen war da. Die Radiosender hatten sogar von unserem Zwischenaufenthalt in Athen berichtet sowie vom Befinden des Pelikans, das einfühlsam als den Umständen entsprechend geschildert worden war. Eine ebenso prachtvolle wie spektakuläre Landung, wenn man bedenkt, wie vergleichsweise bescheiden Ahnherr Petros der Erste seinerzeit als Selbstflieger ermattet niedergekommen und mit dem Boot eingeholt worden war.

Beim mitternächtlichen Umtrunk in einem Fischrestaurant, in das nicht nur der gesamte Gemeinderat, sondern zur Betonung einer gewissen Aufgeschlossenheit für moderne Entwicklungen auch die Frauenvereinigung der Insel gefolgt war, offenbarte mir der Bürgermeisterkollege, warum dem Gemeinderat die Annahme meines brieflich angebotenen Geschenkes gar nicht leicht gefallen war, weshalb sie auch ungebührlich viel Zeit in Anspruch genommen hatte. Die Sache war nämlich die: Kurz nach Eingang meines Briefes war wieder einmal ein schwächelnder Pelikan auf Mykonos notgelandet, vermutlich auf dem Weg vom Balkan nach Afrika. Er heißt Giorgos und hat schnell mit Petros dem Zweiten Freundschaft geschlossen. Die beiden sind praktisch ein unzertrennliches Paar. Und ob da ein weiterer Pelikan sich ins Gemeinschaftsleben fügen könne, nun, das sei eine schwierige Frage …

Genauso wie die Frage des Unterhalts. Welches Unterhalts? Nun, Pelikane können nur in großen Schwärmen fischen, indem sie gemeinsam die Fische ins seichte Wasser treiben; die Einzelgänger am Hafen von Mykonos müssen hingegen einzeln durchgefüttert werden, und sie fressen viel, jeden Tag, kiloweise frischen Fisch, und der ist sehr teuer in Griechenland. Weiß Gott, pflichtete ich bei, während mir einige Fisch-Rechnungen wieder aufstießen.

Warum, fragte ich mich, ohne mir natürlich meinen Unmut anmerken zu lassen, warum müssen alle Nase lang dumm herumfliegende Pelikane schlapp machen und ausgerechnet in Mykonos notlanden? Hätte dieses Mistvieh, dieser Giorgos, nicht wenigstens die paar Flügelschläge bis Tinos durchhalten können, wo er unbemerkt bis ans Ende seiner Tage hätte leben können, ohne die wunderschöne Geschichte vom Trostspender aus dem Münchner Zoo für den vereinsamten Petros den Zweiten zu zerstören?

Der nächste Morgen versöhnte mich wieder: Gemeinderat und Inselvolk hatten offenbar beschlossen, die Geschichte mit Giorgos einfach zu ignorieren und ihrem Ehrenbürger zuliebe zu der Legende zurückzukehren, Petros der Zweite warte depressiv verstimmt immer noch auf artgerechte Gesellschaft. Chris, der übrigens nicht nur nach seinem Spender, sondern auch nach dem mykoniotischen Bürgermeister und praktischer Weise auch noch nach dem Transport-Sponsor von Olympic Airways benannt ist, wurde in einer Nachbarbucht von der Fischern auf einem wackligen Boot aufs Meer hinausgefahren, um dann unter lautem Hallo im Hafen einfahren zu können. Das Inselvolk war begeistert, applaudierte bei den ersten Schritten auf der Kaimauer, obwohl sie nicht hätten tollpatschiger sein können, und beobachtete gespannt die Reaktion der einheimischen Pelikankreise. Irini watschelte weg, weil sie mittlerweile mitbekommen hatte, dass sie bei Rosapelikanen ohnehin keinen Stich machen kann, aber bei Petros dem Zweiten und Giorgos überwand für ein paar Augenblicke die Neugier die offensichtliche Aversion. Zum Glück wurden alle Pressefotos geschossen, als gerade die Neugier überwog.

Jetzt begab sich die gesamte gehobene Gesellschaft der Insel ins Rathaus, in den Saal im ersten Stock, der mit den Abbildungen der schnauzbärtigen Bürgermeister früherer Jahrzehnte dekoriert ist (Es hingen auch einige Bilder griechischer Kriegsschiffe herum, aber ich finde Porträts schnauzbärtiger Bürgermeister viel imposanter). Der Verkehrspolizist von der einzigen regelungsbedürftigen Kreuzung hatte seine zwei Kollegen von der Hafenpolizei und einen Wärter von Delos mitgenommen, sodass die bewaffneten Kräfte auch mit einer Vielfalt der Uniformen beeindrucken konnten. Als erstes sprach der Bürgermeister, lobte das Engagement des Ehrenbürgers und verlieh seiner Hoffnung Ausdruck, dass Petros der Zweite seine Depression in bester Münchner Gesellschaft überwinden möge (kein Wort über den Schlappschwanz Giorgos, der mit seiner Notlandung die ganze Dramaturgie um ein Haar vermasselt hätte: Das ist griechische Gastfreundschaft).

Dann sprach der Priester, den wir Inselgäste »Father George« nennen; er lobte die Völkerfreundschaft, die vom Pelikan verkörpert werde, erinnerte an die weiter reichende allegorische Bedeutung des Schnabeltiers in der orthodoxen Liturgie und fand grollende Worte über die kriegerischen Aktivitäten der USA, bei denen die Friedensbotschaft des Pelikan offenbar noch nicht angekommen sei. Sodann folgte eine Lesung von drei Gedichten, in denen Pelikane tragende Rollen spielten, durch Repräsentantinnen der Frauenvereinigung. Ich hatte schon gelernt, dass diese seltsamen Vögel Flügel mit einer Spannweite von vier Metern haben und dass ihr Schnabel 13 Liter fasst, aber jetzt erst lernte ich, dass sie auch Liebende zusammenführen und Wunder tun können. Wirklich beachtliche Tiere. Neben den Honoratioren und den lyrikbegeisterten Frauen der Insel war auch Theodoris Kyrantonis erschienen, ein mittlerweile winziges Männchen mit faltenreichem und sonnengegerbtem Gesicht: der Fischer, der Petros den Ersten aufgezogen hatte. Das gab der Zeremonie etwas Zeitloses. Nur die Götter von Delos blieben zu Hause.

Vor dem Rathaus spielten Volkstanzgruppen auf, Schulklassen tanzten Sirtaki, an zahlreichen Grills wurde Tintenfisch gebraten, einfach für jeden, der vorbeikam. Ein Bürgerfest für Chris, kein Wort über die Unterhaltslasten. Allerdings vermisste ich jedwedes Glockengeläut. Die in der Pelikanfrage eingetretene Marktsättigung hatte offensichtlich die Kirchenmänner der Insel träge werden lassen. Aber sonst stimmte alles.

Die Fischer vom Hafen schauten nicht so verdrossen, wie ich befürchtet hatte, nachdem man mir erklärt hatte, dass sie die Pelikane täglich kiloweise mit frischem Fisch sättigen müssen. Das Geheimnis hieß Andreas. Andreas Koutsukos, auch er eine Insellegende. Er war einst ein Fischerjüngling von edlem Wuchs, und so warf der italienische Maler Pierro d'Amversa zu Beginn der 60er Jahre ein begehrliches Auge auf ihn. Die beiden wurden ein Paar, und aus ihrer Beziehung ging die erste In-Kneipe der Insel hervor, das Pierro's, eine Diskothek in einem stattlichen Bürgerhaus des 18. Jahrhunderts. Der Schuppen wurde zum Treff vermögender Homosexueller meist aus künstlerischen Berufen, zum Symbol des mykoniotischen Nachtlebens. Als Andreas die nähere Bekanntschaft einer Amerikanerin machte, erkannte er, dass das weibliche Geschlecht über ungleich größere Reize verfügte, und trennte sich vom italienischen Maler, geschäftstüchtig aber nicht von der Bar. Inzwischen ist Andreas zum zweiten Mal mit einer Amerikanerin verheiratet, aber das Pierro's gehört ihm immer noch und ist unverändert eine Goldgrube. Das ruft gelegentlich Neider aus der Nachtlokalszene auf den Plan, weshalb kürzlich seine Garage abbrannte und sein 7er BMW explodierte, aber das ist eine andere Geschichte. Uns braucht nur zu interessieren, das Andreas ein Vogelliebhaber ist, neben der explosiven Garage eine gänzlich ungefährliche Voliere besitzt und sich bereit erklärt hat, Abend für Abend Chris zu füttern, bevor der Kontrollgang in die Disco führt. So gegen 23 Uhr. Man kann die Uhr danach stellen.

Chris ist also, wie man so sagt, versorgt. Fällt den Fischern nicht zur Last. Allerdings ging er Petros dem Zweiten und Georgios zunächst einmal mächtig auf den Keks. Petros war über den Neuankömmling, der sich vom ersten Tag an vor Touristen als das wahre Wappentier aufplusterte, so sauer, dass er die Hafengegend verließ und wochenlang nur in den Kneipen von Alefkandra, von »Klein-Venedig«, herumlungerte und fotografierwütige Besucher dorthin lockte. Irini und Giorgios mieden den Neuankömmling ebenfalls. Als Einzelgänger musste Chris vor kläffenden Strandhunden und streichelsüchtigen Kindern fliehen, indem er weit aufs Meer hinausschwamm. Die Strömung trug ihn in eine andere Bucht zurück, wo ihn Andreas nach langer systematischer Suche wieder einfangen musste.

Von all diesen Beziehungskisten und Missgeschicken stand in der Presse zum Glück nichts zu lesen. In den Reportagen hieß es vielmehr immer wieder, dass der arme Petros seine Depression bei fröhlichem Treiben mit seinem Münchner Spielgefährten Chris überwunden habe und dem Glück, dem Frieden und dem Reichtum der Insel somit nichts mehr im Wege stehe …

P. S. Im folgenden Jahr rauften sich die Pelikane in Ermangelung geeigneterer Zeitgenossen übrigens tatsächlich zusammen. Ein Herz und eine Seele, die vier: Petros der Zweite, Irini, Giorgos und Chris. Die Medienberichte waren nur ihrer Zeit ein wenig voraus.

FERNSEHEN BILDET

Naddel und ich

Es war ein Tag wie jeder andere, ich dachte mir nichts Böses, da geschah es: Ein Redakteur des Bayerischen Fernsehens rief mich an und fragte, ob ich an einer Talkshow teilnehmen wolle. Das Angebot verschlug mir erst die Sprache, dann fragte ich, nachdem ich meine Contenance wiedergefunden hatte, den jungen Mann, ob er noch ganz bei Sinnen sei. »Sie wollen mich ins Bayerische Fernsehen einladen? Obwohl ich Sozialdemokrat bin? Ja, wollen Sie denn nichts mehr werden in Ihrem Sender? Haben Sie keine Familie?« Er beruhigte mich: Die kommende Sendung sei ohnehin die letzte diesen Formats, man könne höheren Ortes also gar nichts mehr absetzen. Das hat mich beruhigt, und ich sagte zu. Worum es eigentlich gehe, wollte ich aber schon noch wissen. Oh, sagte er, für die letzte Sendung habe er interessante Leute ausgesucht, Persönlichkeiten wie Abd el Farrag zum Beispiel. Nun sagte mir dieser Name eher weniger, eigentlich nichts, andererseits klang er schön orientalisch und ließ einen Dialog der Kulturen erwarten, wie er seit dem 11. September nun einmal auf der Tagesordnung stand. Das hatte ich alles drauf, von den unterschiedlichen Strömungen des Islam über die wechselhafte Geschichte des Christentums bis zur Toleranz zwischen den Religionen und der Wachsamkeit gegenüber jedwedem Fundamentalismus. Da brauchte ich mich nicht weiter vorzubereiten. Dachte ich.

Im Gebäude des Bayerischen Fernsehens wurde ich als Erstes in die Maske geschickt. Das hilft zwar auch nichts, aber die Fernsehleute bestehen darauf. Auf dem Weg, mitten im Treppenhaus, fiel mein Blick plötzlich in einen Ausschnitt. Aber schon so einen Ausschnitt! Das heißt, genau genommen sah ich natürlich nicht nur diesen überaus bemerkenswerten, ja gewaltigen Ausschnitt, sondern selbstverständlich auch die Frau drumherum, aber der Blick blieb, wie man so sagt, im Ausschnitt haften. Die folgende Szene werde ich mir nie verzeihen. Ich hatte das untrügerische Gefühl, etwas zur Entspannung beitragen zu sollen, aber mir fiel, obwohl ich ansonsten wirklich nicht auf den Mund gefallen bin, nichts Gescheites, nichts Schlagfertiges, ja nicht einmal etwas konventionell Höfliches ein. Ich sagte nur: »Öha!« Und hätte mich schon im selben Atemzug ohrfeigen können für diesen tölpelhaften Auftritt. Allerdings wußte ich wirklich nicht, was man im Angesicht eines solchen Ausschnitts angemessener Weise ausrufen sollte. Eine zweite Dame, die ich erst gar nicht wahrgenommen hatte, sagte nur kühl: »Frau Naddel kam schon gestylt! Sie können sich jetzt pudern lassen!« Deprimiert trottete ich weiter zu den Maskenbildnerinnen, die jetzt so lange an meiner Stirn herumtupfen und an der Nase herumpudern konnten, wie sie wollten, ich wußte doch: Gegen diesen Ausschnitt hatte ich keine Chance! Immerhin hatte ich der Welt der Schönen ein Geheimnis abluchsen können: Sie kommen schon gestylt, sind gar nicht auf die Künste der öffentlich-rechtlichen Puderquasten angewiesen, denen unsereins vertrauen muss.

Im Studio saß dann eine stattliche Runde zusammen, bekannt aus Funk und Fernsehen. Ich hatte nur einen Vorsatz, den ich mir in aller gebotenen Schärfe einprägte: »Ude, was auch immer passiert – du schaust nicht in dieses Dekolleté! Das Silicon Valley ist tabu!« Konzentriert musterte ich den Moderator, aber der fiel sofort mit dem ersten Satz ins Haus beziehungsweise in den Ausschnitt: »Naddel, Ihr Busen ist jetzt größer als früher!« Und dann wollte er noch wissen, wie das komme und wie sie dazu stehe. Ich schaute vorsichtshalber auf meine Fingernägel und Naddel plauderte fröhlich aus, dass sie da nachgeholfen habe und auch voll dazu stehe, weil der Dieter Bohlen das so mag. Denn in Busenfragen gelte der Grundsatz: »Lieber künstlich als gar nicht!«

In diesem Augenblick wurde mir schlagartig bewusst, wie oberflächlich und ahnungslos wir Heutigen in der schnelllebigen Zeit dahinleben, besser gesagt: dahinleben würden, wenn es nicht das

Warum Naddel gerne kocht, ahnte ich schon, das war keine Neuigkeit im engeren Sinne mehr: Weil Dieter Bohlen es gerne mochte, wenn sie kochte. Aber wie verdammt sexy die Verrichtungen in der Küche sind, das war mir schon neu. Naddel berichtete voller knisternder Erotik: Wenn man einen Schokoladen-Pudding in eine Teetasse füllt und das ganze dann geschickt umstülpt und die Tasse sorgfältig entfernt, dann schaut der umgestürzte Pudding – und zwar »in Form und Farbe« – haargenau aus wie Naddels Brüste, weshalb sie gerne noch eine Preiselbeere obendrauf setzt!

Ich spürte richtig, wie ich schamhaft errötete, einen Satz heiße Ohren bekam: Unzählige Male war ich bei Kindergeburtstagen mit dem Löffel einfach in den Schokoladen-Pudding hineingefahren, voller Unschuld, wie Kinder nun einmal zu sein glauben – und dann so was!

Als wir dank des literarischen Diskurses über die Buch-Neuerscheinung wieder bei Naddels Mehr-Busen angelangt waren, hatten wir auch schon das Ende der Sendezeit erreicht. Aber ich lasse seitdem nichts mehr aufs Bayerische Fernsehen kommen: Bei wirklich bedeutenden und brisanten Themen, die unter die Haut gehen, die uns alle ansprechen und bewegen, da darf sogar ein Sozialdemokrat ins Studio!

FRAGT'S ENK, OB DÖS NIX BEDEUT

Heilige Nacht in Rottach-Egern

Da in der Ecke am schweren Holztisch ist er also gesessen, hat an seiner langen Pfeife gesogen und den berühmten Text geschrieben, damals im kalten Kriegswinter 1915/16:

Jetzt, Leuteln, jetzt loost's amal zua!
Mei Gsangl is wohl a weng alt,
Es is aba dennascht schö gnua.
I moan, dass s'enk allesamm gfallt.

Die gute Stube schaut wie damals aus, mit Kachelofen, König-Ludwig-Portrat und vor allem stolzen Hirschgeweihen und vielen Rehkrückerln an der Wand, weil er doch so gerne ein Jager geworden wäre wie der Vater. Aber außerdem ist der Raum mit Weihnachtsbaum und Kerzenschein, Glühweinduft und über 50 Menschen gefüllt, die das Protokoll sorgfältig hineingeschichtet hat, denn hier beginnt jetzt gleich eine vorweihnachtliche Orgie der Besinnlichkeit, wie jedes Jahr, mit der Unerbittlichkeit des Jahreskalenders.

Same procedure as last year?
Same procedure as every year!

Ach nein, das kommt erst an Sylvester. Jetzt müssen wir erst einmal Weihnachten meistern. Und vor die erholsamen Feiertage hat der Herr die Lesung gesetzt, die Lesung der Heiligen Nacht von Ludwig Thoma an dem Ort, an dem sie geschrieben wurde.

Die handverlesenen Gäste der Stadt, mal Wirtschaftskapitäne, mal Pflegepersonal, mal Kulturpreisträger, mal Betriebsräte, haben ihre adventliche Bethlehem-Rallye von Weihnachtsfeier zu Weihnachtsfeier in der hektischen Großstadt kurz unterbrochen, um hier am Tegernsee in sich zu gehen und einmal die Heilige Nacht zu hören. Einmal. Nur der Gastgeber ist zweimal dabei, am Freitag und am Samstag. Das könnte mir eigentlich auch egal sein, wenn – ja, wenn ich nicht selber der Gastgeber wäre. »Das ist aber ein besonderes Privileg«, sagen mir Thoma-Liebhaber im Trachten-Janker. So viel Ironie hätte ich ihnen eigentlich gar nicht zugetraut.

Wie wird der Münchner OB Gastgeber auf der Tuften, dem berühmten Haus von Ludwig Thoma, das der Dichter am Fuße des Wallbergs von seinem Freund Ignatius Taschner bauen ließ, mit den Tantiemen seines Theaterstücks »Moral« finanzierte (Moral lohnt sich doch!) und auch mit einem Biedermeierzimmer und sogar einem Tennisplatz ausstattete, um seiner angehimmelten Marietta urbanes Flair zu bieten, was aber gründlich misslang, weil sie Rottach-Egern schrecklich provinziell fand und Thoma samt Rehkrückerln und Tennisplatz bald verließ? Nun, statt Marietta kam Maidi von Liebermann, die ihn ein halbes Jahrhundert im er-

erbten Haus überlebte und schließlich mit dem Sommerfrischler Hans-Jochen Vogel handelseinig wurde, dass die Stadt München die Tuften übernehmen und als bayerisches Literaturmuseum führen solle. So ist es gekommen. In der Bibliothek oben liegt Thomas Brille auf dem Schreibtisch, als ob er nur kurz hinausgegangen wäre, und das herrlich gelegene Haus ist von hinzuerworbenen Wiesen umgeben, die im bauwütigen Tegernseer Tal bald die letzten sein werden.

Es gibt auf der Welt keinen schöneren Ort, um Thoma vorzutragen, sage ich zur Einführung, erinnere kurz an seine Bandbreite, zu der neben der Heiligen Nacht und »Erster Klasse« sowie den populären Lausbubengeschichten und Filser-Brie-

Ehrengäste bei der Lesung in der Jagerstubn

 fen auch monumentale Bauernromane und gesellschaftskritische Dramen und leider auch unsägliche Hasstiraden im »Miesbacher Anzeiger« gehören, und schon geht's los mit den Menzinger Sängern:

Im Wald is so staad,
Alle Weg san vawaht,
Alle Weg san vaschniebn,
Is koa Steigerl net bliebn.

Die Gäste schmunzeln, wenn von drei, vier Maß Bier die Rede ist, die Handwerksleute damals gebraucht haben, weil's z'Palästina a weng hoaß war, nicken zustimmend, wenn die Steuerpolitik unter Kaiser Augustus gegeißelt wird,

Ma treibts vo de kloana Leut z'samm;
Dös is amal so auf da Welt.

freuen sich über aktuelle Prognosen,

Sie wern halt aa schimpfa und zahln,
Und wia'r oan de Sach g'ärgert hätt'.
Dös siecht ma danach bei de Wahl'n.

entrüsten sich über den rüpelhaften Kutscher, der das heilige Paar nicht mitnimmt, sondern goaßlschnalzend davonschießt, und freuen sich über die ausgleichende Gerechtigkeit:

Der is mit eahm selba scho gschlag'n,
Und selle Leut geht's it so gut.

Während der Herbergssuche, die für mich weder beim Lamplwirt noch beim Bräu oder bei der Post, weder beim Schimmelwirt noch beim Huber am Eck Überraschungen bringt, rechne ich nach, wie oft ich das Gsangl schon gehört habe und von Amts wegen noch hören werde.

Nur hier, im geliebten Tegernseer Tal, im Malerwinkel mit Blick aufs Rottaler Kircherl und in der Nachbarschaft von Freund Ganghofer, konnte diese anmutige Poesie entstehen, belehrt ein Ortsansässiger die ergriffene Festversammlung, nachdem das letzte Halleluja verklungen ist. Ich teile diese Meinung seit einem Dämmerspaziergang »ins Dorf«.

Wo die Zufahrt zur Tuften von der Gemeindestraße abgeht, erstrahlt eine neue Eigentumswoh-

Alle Weg san vaschniebn, is koa Steigerl net bliebn

nungsanlage unter einem überdimensionalen alpenländischen Dachstock in grellem Weiß: Nicht nur das Haus, auch alle üppigen Balkone im Jodel-Stil sind geweißelt, ein einziger Zuckerguss. Die Laubengänge im Erdgeschoss lassen eine Einkaufspassage vermuten, die es in der privilegierten Bergeinsamkeit aber natürlich nicht gibt. Bald wird der mit Thujen bestückte Erdwall Sichtschutz gewähren, noch aber sieht der Wanderer eine vorweihnachtliche Geste, die sein Herz erwärmt: Neben einer Reihe geweißelter Töpfe auf griechischen Säulenstümpfen steht im mediterranen Terracottatopf eine elektrifizierte Tanne, die am helllichten Tag zusätzliche Erleuchtung spendet.

Naja, was ma hört, san s 'aa g'segn't,
Sie san scho recht geldige Leut.

Beim Bauernhaus gegenüber nimmt das urige Wagenrad im Dachgiebel die kreisrunde Form der Satellitenschüssel auf dem Dach wieder auf. Weiter drunten hat der Haus- und Grundbesitzerverein Tegernseer Tal sein Firmenschild mit einem Goldenen Dacherl geschmückt.

A richtiga Mensch richt si's ei'
Und halt seine Kreuza beinand.
No ja, und des muaß amal sei,
Und dös sagt oan scho da Vastand.

An der Kreuzung liegt eine Seniorenresidenz so leblos da wie unten das Kurhaus am See.

So friedli und brav und so staad! –
Waar schö, bal's as öfta gebn tat.

In der Hauptstraße zeigt das Nachbargebäude des Hundesalons und des Fotoshops »Benny's Buidl Fabrik« hinter der gusseisernen Hofeinfahrt ein großes Fassadengemälde, auf dem der Nachtwächter mit Hund und Laterne einen strammen Burschen beim Fensterln ertappt.

Auf enkere Hausel derft's schaug'n,
Is jeder a hoanbuachna G'sell,
Und laßt's as no net aus de Aug'n!

Die Immobilienfirma im nächsten Haus bietet »Nahe der Natur« eine »Doppelhaushälfte in ruhiger Ortsrandlage« an – für lumpige 849 000 Euro.

Und dass ma de Arma vajagt,
Wird au net des allaschönst sei!

Oben im Holzgiebel hängt ein Kruzifix, das die Wertbeständigkeit der feilgebotenen Immobilien unterstreicht. Auf der anderen Straßenseite, neben dem Car Wash Service, betont im Giebel über dem Second Hand Shop und der Lady Boutique ein Hirschgeweih die Heimatverbundenheit auch des niederpreisigen Sektors. Wie wohl hätte sich der Jagerbua, der Geweihe so gerne mochte, in diesem Ambiente gefühlt, an all diesen Locations!

Aber es gibt auch bayerische Namen! Neben der »Boutique Jennerwein« verkündet uns eine Plakatwand, wo noch überall die Heilige Nacht gelesen wird. Man kommt ihr nicht aus. Man kann den Leonhardstoana auf den Leonhardstoana Hof zu Kreuth folgen oder Otto Lederer ins Berghaus Wallbergmoos oder den Abwinkler Sängerinnen nach Sankt Laurentius in Egern. Und überall geht's los auf Los:

Jetzt, Leuteln, loost's amal zua!
Mei Gsangl is wohl a weng alt,
Es is aba dennascht schö gnua.
I moan, dass's enk allesamt gfallt.

Auf dem lauschigen Weg zur Strandpromenade lockt – welch frommes Völkchen, die Tegernseer! – die »Göttliche Confiserie« mit 86 Pralinensorten, einer großen Ingwer-Auswahl und bunter Knabbermischung sowie mit Tannengrün, das in überdimensionale Goldpapierschleifen gewickelt wurde; beim Goldschmiedemeister nebenan kostet ein Silberketterl ebenso wie ein Designerring 6450 Euro, bei den »Antiquitäten am See« unterhalb des »Toupet-Studios« für den reiferen Herrn sind die Patrona Bavariae, der singende Engel und der ebenfalls aus Lindenholz geschnitzte Jäger mit Tabakspfeife, Fernstecher und Gewehr vorsichtshalber gar nicht »ausgepreist«.

Wos eppa dös bedeut'
Mit enk, ös reich'n Leut,
Und enkern Geld?
Müaßt's oiwei mehra spar'n,

Müaßt's oiwei z'sammascharr'n
Und maßt's do außifahr'n
Aus dera Welt!

Doch da – ganz plötzlich und unwirklich – ertönt Musik: Discosound aus der Modeboutique macht auf die Merry Christmas Prices aufmerksam – und vom Weihnachtsmarkt am See, auf dem Hawaii-Punsch mit Cognac, Grand Marnier, Ananas und »adventlichtem Zimt« kredenzt wird, klingt Zithermusik vom Endlosband herüber.

Auf oamal braust's von ob'n her,
Als wia vo hundert Orgeln klingt's,
Als wia vo tausad Harfa singt's,
Und Engelstimma wunderfei',
Die klingan drei'.

Kaum führt der Spaziergang aus dem Ortskern heraus, entdecken wir eine einsame Hütte am Rande der Promenade, klein und schäbig und offen zum See.

Da dauß'd vor da Stadt war a Haus,
A Häusl war's, kloa und dafall'n.

Dort wird Glühwein für die Passanten ausgeschenkt, von Personal mit roten Santa Claus-Zipfelmützen. Aber was ist das? Plötzlich erhebt sich ein Bau, ein riesiges Gebäude, so groß wie die Alpen, die dahinter verschwinden, möchte es uns scheinen, so groß wie das Firmament! Wie uns das Licht blendet!

Es is grad so licht wia'r am Tag
Und is bloß da Mond und de Stern.

Welche Pracht und welche Herrlichkeit! Die Bus-Einfahrt zur Tiefgarage tut sich zwar auf wie ein Höllenschlund, doch die gläserne Fassade zum See ist zugehängt mit elektrischen Lichterketten, eine neben der anderen, mehrere Stockwerke hoch und viele Sitzgruppen lang: Das Hotel Überfahrt, ein überdimensionaler Komplex, eine Lichtmaschine, ein Glänzen und Leuchten, als wären wir in Dubai oder Las Vegas.

Dös Silber! Dös Gold und de Stoa!
Und 's Sunnalicht hat so a G'walt!
Wer kunnt eppa d'Aug'n no auftoa,
Wia's funkelt und blitzt und wia's strahlt?

Drinnen, zwischen Marmor und Glas, gibt's eine Sommelier-Slezak-Stube mit urigem Kachelofen, natürlich einen Ludwig-Thoma-Saal (mit Lesung der Heiligen Nacht, fürchte ich) und eine wunderschöne Krippe, damit die Kinder aus der Senior Suite auch ein religiöses Erlebnis haben, liebevoll aus leckeren Lebkuchen zusammengebaut, mit Ochs und Esel … Aber Halt! Wo sind denn Ochs und Esel? Man sieht nur Hänsel und Gretel, und statt dem Christuskind nur die Hexe, aber das kann bei einer internationalen Hotelkette schon mal passieren, dass man die örtlichen Folkloremotive durcheinanderbringt. Überhaupt haben wir hier nichts verloren, macht der Pförtner – was sage ich: der Butler – klar:

Geht's weiter, geht's zua!
Und laßt's ins in Ruah!
Mir hamma koan Gfalln
Mit Gäst, de schlecht zahln.

Wir werfen noch einen verstohlenen Blick in die Glasvitrine mit Füllfederhaltern für 845 Euro und einem Fabergé-Ketterl mit weißblauem Rautenei für 1160 Euro und schließen mit Ludwig Thoma:

Und geht's ös in d'Mett'n, ös Leut,
Na roat's enk de G'schicht a weng z'samm!
Und fragt's enk, ob dös nix bedeut',
Daß's Christkind bloß Arme g'sehg'n hamm!

Wo, wenn nicht hier im Tegernseer Tal, hätte Thoma diese Verse schreiben können?

MAN WACHT NICHT MEHR AUF

Zwischen unseren Eltern gab es eine klare Aufgabenteilung. Der Vater war für die seriöse Arbeit zuständig und für öffentliche Auftritte, die Mutter »nur« dafür, dass es allen gut ging – und für Anekdoten. Sie brachte unentwegt neue hervor, mal in radebrechendem Deutsch (sie konnte und wollte ihren französischen Akzent auch in sieben Jahrzehnten München-Aufenthalt nicht ablegen), mal mit unfreiwilliger Komik und manchmal mit ihren gefürchteten undiplomatischen Aktionen.

Vom Leben vor meiner Geburt habe ich nur eine Anekdote kennen gelernt, die mir immer wieder von der Nachbarschaft erzählt worden ist. Zum 80. Geburtstag meiner Mutter hat der Vater sie im Freundeskreis erzählt – und dabei wurde der sonst so distanzierte Chronist so von der Rührung übermannt, dass Mama ihn barsch zurechtwies: »Carlo! Jetzt reiß dich zusammen!« Es ging um eine der Bombennächte 1944 – und um unseren Steinway-Flügel, den Stolz der Familie im Arbeitszimmer des Vaters. Die Eltern hatten damals auf der anderen Straßenseite der Schwabinger Bauerstraße gewohnt, in einem prächtigen Altbau neben der

 Kolbgarage, in der französische Fremdarbeiter beschäftigt waren. Als der Blockwart bei nächtlichem Bombenalarm die Fremdarbeiter nicht in den halbleeren Luftschutzkeller hinunterlassen wollte, nahm die Mutter ihr einziges Kind, meine ältere Schwester bei der Hand und ging hinaus auf die Straße. Zurückkehren würde sie nur zusammen mit den Franzosen. Der Blockwart hielt den Gedanken, vielleicht bald am Tod eines kleinen blonden deutschen Mädchens schuld zu sein, schlichtweg nicht aus, verlor die Nerven und ließ alle in den Luftschutzraum. Kurz danach wurde der Altbau getroffen, brannte bis auf das zweite Stockwerk herab aus. Die Franzosen stürmten nach der Entwarnung, um sich zu revanchieren, in die elterliche Wohnung im ersten Stock und schleppten den Flügel das Treppenhaus hinunter auf die Straße. Er bekam zwar Kratzer ab, überstand aber die Feuerglut.

Später habe ich als Gymnasiast von der kämpferischen Zivilcourage der Mama profitiert. Schon nach drei Tagen an der höheren Lehranstalt hatte ich zwei Verweise in einem Kuvert bekommen. Der Vater war außer sich und drohte mir eine Schreinerlehre an, die Mutter war tränenreich aufgelöst und versuchte mit letzter Kraft, in die Schule zu gehen und gut Wetter zu machen. Die Begegnung mit dem Konrektor, einem konservativen Schulmeister von hünenhafter Gestalt, mündete in eine Katastrophe, allerdings für den Studiendirektor. Er schilderte sie am folgenden Tag – noch unter Schock – vor der Klasse und referierte sie noch einmal neun Jahre später bei der Abiturfeier: Die Mama weinte erst

Renée Ude, 1908–1999

einmal, wie schwer es für eine Schriftstellerfamilie sei, das Dasein zu fristen und dann auch noch Kinder zu erziehen, zumal wenn sie so lebhaft seien; sie versuche ja alles, mit erzieherischen Gesprächen und auch mit Nachhilfe, aber so ganz habe sie es halt nicht verhindern können, dass der Kleine ein wenig missraten sei. Da meinte er: »Das kann man wohl sagen!« Mit dieser ungeheuerlichen Bemerkung änderte sich schlagartig die Schlachtordnung: Meine Mutter muss regelrecht explodiert sein, herrschte ihn an, er solle sich ja nicht erdreisten, über ihre erzieherischen Qualitäten herzuziehen. Und überhaupt: Wie komme er eigentlich dazu, einer unbescholtenen Familie auch noch unfrankierte Briefe zuzusenden, bloß weil er, ein von sauer verdientem Steuergeld üppig bezahlter Beamter, mit seinem Pädagogenlatein offenbar am Ende sei? Ob er sich als Mordstrumm von einem Mannsbild nicht erst einmal gehörig schäme, dass er mit einem so kleinen Bübchen, das vielleicht ein wenig lebhaft, aber ansonsten durchaus vorzüglich erzogen sei, nicht selber fertig werde, sondern die Mama zu Hause postalisch belästigen und dann auch noch im Amtszimmer auf die ungehörigste Weise beleidigen müsse? Ob er überhaupt wisse, dass ein Journalist nur nach Leistung bezahlt wird und keine unfrankierte Post verschicken darf, während Lehrer offenbar Monat für Monat für ihr Scheitern und Versagen auch noch Steuergelder einheimsen können?!?

Seiner eigenen Bekundung nach war der Konrektor richtig erleichtert, als die Mama die Elternsprechstunde türenschlagend abrupt beendete. In den folgenden Schuljahren wurde mir bei jedem weiteren Verweis oder Arrest beteuert, mein Benehmen sei zwar wirklich nicht hinnehmbar, die Angelegenheit aber keinesfalls so gravierend, dass sich deswegen gleich meine verehrte Frau Mutter in die Sprechstunde bemühen müsse.

Dass meine Mutter mich auch schon an der Grundschule am Schwabinger Bayernplatz vor pädagogischen Nachstellungen geschützt hatte, erfuhr ich erst Jahrzehnte später, bei der 50-Jahrfeier der Schule als Festredner. Der Rektor winkte mich nach der Ansprache zur Seite, damit der Datenschutz gewährleistet bleibe und kein Journalist etwas mitbekommen könne, und zeigte mir meinen streng vertraulichen »Schülerbogen«, in dem wahrlich geheimhaltungsbedürftige Dinge standen (z. B. »Ein Rädelsführer, bei dem Zurechtweisungen wenig nützen«). Als magere Bilanz meiner ersten beiden Schuljahre stand da zu lesen: »Kommt oft zu spät, weil die Mutter verschlafen hat.«

Wo sie nicht als Schutzmacht intervenieren konnte, wusste sie wenigstens unkonventionellen Trost. Als ich auf Vorschlag der SPD Münchner Kreisverwaltungsreferent werden sollte, beobachtete sie das Spektakel des politischen Kräftemessens in der Vollversammlung des Stadtrats von der Zuschauergalerie aus – mit dem Opernglas. Befremdet bekam sie mit, dass der Kreisverwaltungsreferent für so absonderliche Dinge wie die Parkraumüberwachung und die Sperrbezirksverordnung zuständig ist. Als bei der Stimmenauszählung vier Stimmen aus den eigenen Reihen fehlten, bebten meine politischen Freunde wie ich vor Wut, nur meine Mutter brachte gute Laune in die niedergeschlagene Runde: »Ach, weißt du! Auf Dauer wären Falschparker und leichte Mädchen für dich doch kein Umgang gewesen!«

Nach meiner Wahl zum Bürgermeister 1990 holte ich gelegentlich meine Eltern zu städtischen Ereignissen ab. Als meine Mutter sich auf dem Bürgersteig mit einer Nachbarin verratschte, statt endlich ins Auto zu steigen, wurde mein Fahrer ungeduldig: »Kommen Sie, Frau Ude, Ihr Sohn muss regieren!« Da lachte sie nur zurück: »Du liebe Zeit, Herr Manfred, Sie glauben doch nicht im Ernst, dass er das kann!«

Obwohl sie sich selbst höchst unkonventionell verhielt, liebte sie doch gewisse Konventionen – beispielsweise prominente Ehrengäste vorgestellt zu bekommen. Nach einer Opernpremiere stellte der Generalintendant meinen Eltern beim anschließenden Sektempfang den gefeierten Star des Abends vor, einen afroamerikanischen Bariton. Meine Mutter strahlte den Schwarzen an: »Sie haben wunderbar gesungen! Da war der ganze Urwald drin!«

Sie liebte solche undiplomatischen Auftritte. Als ich sie – wenige Monate nach dem Tod ihres Carlo, mit dem sie fast sieben Jahrzehnte zusammengelebt hatte, zuletzt wie Philemon und Baucis – zur Eröffnung der Opernfestspiele mitgenommen hatte, mussten wir in der Pause manchen Smalltalk durchstehen. Da sie nur noch sehr schlecht sah, tastete sie sich fragend an die Gesprächspartner heran:

Irgendwann würde sie schon rausbekommen, mit wem sie es gerade zu tun hatte. Das funktionierte meistens, aber nicht bei einer blonden attraktiven Frau, die ständig neue Rätsel aufgab: »Was machen wir denn so?« Die Frau erzählte von Bühnenengagements, die aber keinen Hinweis gaben, um wen es sich handeln könnte. »Und wie gehts den Kindern?« Es folgten muntere Erzählungen, aber keine Namen. »Und was macht der Mann?« Meine Mutter wusste noch nicht mal, ob sie mit der Gesprächspartnerin per Du oder per Sie war, daher die gedrechselte Redeweise. Da fühlte sich der Mann neben der Schauspielerin angesprochen und sagte: »Ich bin doch hier.« Jetzt war Schluss mit Ratespielen: »Und wer sind Sie?« Der ältere bärtige Herr antwortete brav: »Ich bin Rainer Barzel.« Da stieß meine Mutter einen gellenden Schrei aus, dass das dicht gedrängte Publikum vor dem Pausenbuffet zusammenzuckte: »Um Goooootteswillen! Den mögen wir gar nicht!« (Barzel reagierte darauf übrigens mit so fröhlicher Gelassenheit, dass ich nicht umhinkam, dies sympathisch zu finden.)

Einige Monate später mussten eines Nachts meine Schwester und ich die 90jährige ins Krankenhaus bringen. Sie war in der Wohnung gestürzt – Oberschenkelhalsbruch. Die Operation war schnell abgehakt, aber die Narkose wurde nicht ganz überwunden. Die Mama kam in eine gerontologische Abteilung. Immerhin hat sie dem Chefarzt dort noch einschenken können, wie sie sich behandelt fühlte von all den betulichen Ärzten und fürsorglich-bevormundenden Schwestern. Bei einem Gespräch über weitere Behandlungsmöglichkeiten, das sie vom Rollstuhl aus misslaunig verfolgt hatte, ergriff sie plötzlich die Hand des Halbgotts in Weiß und sagte: »Ja, was haben wir denn da für ein kaltes Händchen! Ich glaube, Herr Doktor, wir müssen öfter Pipi machen!« Da hat es dem Chefarzt wohl zum ersten Mal in der eigenen Station die Sprache verschlagen.

Die Tage der gerontologischen Behandlung waren gezählt, es gab keine Alternative mehr zum Pflegeheim. Immerhin in Schwabing, nahe am Luitpoldpark, in dem sie immer so gerne spazieren gegangen war. Als ich ihren Rollstuhl unter den Linden beim Obelisken entlangschob, sagte sie plötzlich: »Das ist alles sehr gerecht – dass du mich hier herumfahren musst. Vor 50 Jahren habe ich dich hier herumschieben müssen!«

Als die »Abendzeitung« ihren 50. Geburtstag groß in einem Tollwood-Zelt feierte, steuerte ich einen Kabarettauftritt bei, den ich als AZ-Verkäufer in voller Montur beendete. Die Zeitung brachte das Foto am nächsten Tag auf der Titelseite, die bosnischen Pflegekräfte erkannten mich und schnitten meiner Mutter das Bild aus. Bei meinem nächsten Wochenendbesuch sah sie sich in einer schwieri-

gen Lage, denn wie in ihrem ganzen Leben wollte sie es mir, aber auf jeden Fall auch ihrem – bereits verstorbenen – Mann recht machen, der vom Tag der Wiedergründung an bis zu seinem Tod über ein halbes Jahrhundert lang für die »Süddeutsche« gearbeitet hatte. Vorsichtig tastend fragte sie mich: »Hast du das Bild schon gesehen? Das Bild auf der Kommode?« Ich bejahte. Dann nahm sie meine Hand und sagte in tröstendem Tonfall: »Weißt du, es war ja völlig klar, dass das in dem Rathaus nicht ewig gut gehen konnte. Aber dem Papa wäre es lieber gewesen, wenn du jetzt die ›Süddeutsche‹ verkaufst!«

Eines Abends sagte sie mir, als ich ins Zimmer trat: »Schon wieder? Du warst doch erst gestern da!« Erst atmete ich auf, dass sie meine Besuche wohl noch nicht vermisste, obwohl der letzte schon eine Woche her war. Dann fragte ich mich aber doch, ob sie vielleicht eine versteckte Kritik anbringen wollte. Deshalb bestand ich auf Aufklärung: »Nein. Ich war das letzte Wochenende zum letzten Mal da. Es ging zwischendurch halt nicht.« Sie schüttelte nur den Kopf, sehr bestimmt, sehr überlegen: »Unsinn! Du warst gestern da!« Gestern? Ausgeschlossen. Ich sah in dem kleinen Gästebuch nach, das meine Schwester angelegt hatte, damit die Besucher sich aufeinander einrichten und einander Informationen und Einschätzungen zukommen lassen konnten. Manche Eintragungen lasen sich wie fröhliche Party-Protokolle, andere wie Krankenberichte. Da stand es: Gestern war meine Frau da, nicht ich. Ich hielt meiner Mutter das Gästebuch vor Augen. Da strahlte sie auf: »Stell dir vor, jetzt habe ich Edith schon so lieb, dass ich sie mit dir verwechsle!«

Wenige Tage vor ihrem Tod wurden die Verwechslungen noch irritierender – und noch liebevoller. Wir saßen in ihrem Zimmer am Tisch, sie im Rollstuhl. In einer Gesprächspause nahm sie meine Hand und fragte: »Sag mal, Carlo, wann genau bist du gestorben?« Es war schon öfters vorgekommen, dass sie mich mit Carlo, dem Kosenamen meines Vaters, angesprochen hatte. Das war nicht weiter schlimm. Aber dass sie jetzt glaubte, mit einem Toten reden zu können!? Die Idee, die Welt zurechtzurücken, ließ ich schnell wieder fallen. Was sollte es bringen, ihr klarzumachen, dass man mit Toten nicht reden kann? Also antwortete ich ganz korrekt: »Aber das weißt du doch: Der Todestag war letztes Jahr der 1. April!« Sie konzentrierte sich, überlegte angestrengt, war dann erleichtert: »Das stimmt: der erste April.« Dann beugte sie sich vor, als ob keiner vom Heimpersonal etwas mitbekommen dürfe, und fragte mich: »Sag mal, ganz unter uns: Wie ist das Sterben?« Sollte ich ihr jetzt reinen Wein einschenken, dass ich es auch nicht weiß? Ich entschied mich, sie zu beruhigen: »Ach weißt du, es ist genau wie einschlafen. Aber man wacht nicht wieder auf.« Sie griff meine Hand jetzt ganz fest und wiederholte, fast feierlich: »Wie einschlafen. Aber man wacht nicht wieder auf.« War sie jetzt so naiv, wie sie sich gab? Oder hatte sie mit aller Raffinesse dem Tod ein Schnippchen schlagen, ihn einfach nicht mehr ernst nehmen wollen? Als ich sie – wohl ein wenig schmunzelnd – ansah, bemerkte ich plötzlich, dass ihre Augen gar nicht ganz geschlossen waren, sondern dass unter ihren schweren Lidern noch rege Augen herausblinzelten, um mich zu mustern. Sie muss meinen Gesichtsausdruck erkannt haben, dann schloss sie die Augen fest zu und wiederholte nochmals: »Wie einschlafen. Aber man wacht nicht wieder auf. Das ist ja wunderbar.«

Sie hatte mir die Angst vor ihrem Tod nehmen wollen. Mehr konnte sie als sterbender Pflegefall jetzt nicht mehr für mich tun.

PIPER

Christian Ude

Chefsache

Satiren. 165 Seiten. Serie Piper

Das einzige, was ein Münchner Oberbürgermeister wirklich können muß, ist das Anzapfen auf dem Oktoberfest. Der Kabarettist, der nebenbei eine Großstadt regiert, beherrscht aber nicht nur das Anzapfen und das Regieren – sondern auch die hohe Kunst der Satire. Ob Bürgerversammlung, Expertengespräch oder hoher Besuch: Christian Ude versteht es meisterlich, aus seiner Amtstätigkeit satirische Funken zu schlagen.

Meine verfrühten Memoiren

162 Seiten. Serie Piper

Als ich am 2. Mai 1990 zum Bürgermeister einer gleichwohl sehr renommierten süddeutschen Großstadt gewählt wurde, begann ich sofort mit der Niederschrift meiner Memoiren. Der eine oder andere Leser – und vor allem der typische Nichtleser! – wird sich vielleicht fragen: Muß das sein? Und dann noch so früh? Ich nehme diese Frage nicht übel. Mehr noch: ich habe sie mir selbst vorgelegt. Nach längerem Grübeln kam mir die erlösende Erkenntnis: Diese Frage ist falsch gestellt worden!

01/1410/01/L